重返狼群

背后的故事

李微漪　红娟　著

海南出版社　天地出版社

·海口·　　·成都·

图书在版编目（CIP）数据

重返狼群背后的故事 / 李微漪，红娟著．-- 海口：海南出版社；成都：天地出版社，2021.11

ISBN 978-7-5730-0269-3

Ⅰ．①重… Ⅱ．①李… ②红… Ⅲ．①传记文学—中国—当代 Ⅳ．① I25

中国版本图书馆 CIP 数据核字 (2021) 第 216180 号

重返狼群背后的故事

CHONGFAN LANGQUN BEIHOU DE GUSHI

著　　者　李微漪 红　娟
策　　划　张秋林
责任编辑　王景霞 袁保华
编辑统筹　李一意
特约编辑　徐文婧 王　荻 龚长泉
美术编辑　万紫怡 张华华
责任校对　邓波尔
书籍设计　先锋設計 PIONEER DESIGN 闵　鹏
摄　　影　亦　风 李微漪 红　娟
插　　画　李微漪工作室
封面题字　吴善璋
印刷装订　杭州富春印务有限公司
出版发行　海南出版社 天地出版社
地　　址　海口市金盘开发区建设三横路 2 号
邮　　编　570216
电　　话　0898-66830921
电子邮箱　hnbook@263.net
开　　本　880 mm × 1230 mm　1/32
印　　张　9.25
字　　数　180 千字
印　　数　1 ~ 50 000 册
版　　次　2021 年 11 月第 1 版
印　　次　2021 年 11 月第 1 次印刷
书　　号　ISBN 978-7-5730-0269-3
定　　价　48.00 元

序 言

你的一生，我只借一程

红娟

2021 年春夏，我沉浸在微漪、亦风和格林“重返狼群”的故事里，书籍、电影、十周年纪念版纪录片在我的手里和眼里循环展现。白天一章一节地构思，晚上和十三岁的儿子晧玹各守居室一端，孩子戴着小眼镜头也不抬地伏在小山似的辅导资料里，空中飘荡着一丝紧张的气息。母与子都有点苦不堪言。升初中后功课陡然多了一倍，每天被重重的书包压着，孩子的背已微驼。我的微信里，一条条中考改革的信息不知疲倦地自动“冲”出来。

有一天下午，孩子打电话说：“妈妈，我想在学校踢会儿球，可以吗？”隐隐觉得电话那端孩子的声音里有深深的盼望又有一点点不安。等他终于踢完球回到家，看他的衣服多了一块块泥痕，眼镜也是歪的，他说早上挤地铁时一条眼镜腿的螺丝掉了，到学校后就拿口罩带子匆忙绑了绑。眼前的少年，今天怎么看都有点像个败兵，孩子小脸儿被太阳暴晒，黑黢黢的全是汗。他磨磨蹭蹭放下书包，小手儿并在腿两侧，端着肩膀，犯了大错一般站在三尺之外，哭丧着脸说："妈妈，今天又没考好。"

孩子忍着泪等着妈妈的噼里啪啦，我像是被电了一下立在原地，泪唰地落下来。他不知道，今天看了微漪阿姨陪伴小狼格林的故事，妈妈反省了，不会再在成绩面前暴跳如雷了。

我拉过孩子，紧紧地抱住他，泣不成声："没关系，我们慢慢来，人生的路还有那么长，有妈妈陪你！"

那一晚，在征询了孩子的意见后，我把给他报的大部分课外辅导班都退掉了，只留他最感兴趣的大科学和编程。我把周末还给了孩子，把玩的时间也还给了他，只提了一个要求：学会管理自己的时间。

《爱的艺术》一书中说："如果我爱他人，我应该感到和他一致，而且接受他本来的面目，而不是要求他成为我希望的样子，以便使我能把他当作使用的对象。"

对这个青春期的孩子，我忽视了他身体和心灵的不均衡发展，忽略了他成长的烦恼，无视他本身的个性与光芒。在我内心最混沌胶着的时刻，幸运的是我走进了格林的世界，在这个玄妙的“人中之狼”和“狼中之人”的传奇里，我试着矫正偏失、修复心界。

几天后，晧玹上完一节英语外教课，我随口问了一句：“今天都学了些什么？”他说：“老师讲了一个金字塔，是人的几个阶段。”

好奇心一下子被打开了！我连忙问他是哪几个阶段。孩子连比带画地说：“第一，生存的层面，比如阳光、空气、水；第二，周围环境和生命安全；第三，品格与友谊；第四，荣耀；第五，随心所欲。”

“妈妈，这就是人生的阶层吗？”

“说‘境界’更合适一点。”

忽然，我觉得这五重境界，格林都拥有。微漪的养育给了他维持生命的必需；稍长大些他开始观察和适应环境，学着保护自己；在弱势环境下和天敌藏獒化敌为友；冰天雪地中少年狼独自猎兔，并懂得跟人类父母分享；格林挥泪告别微漪和亦风，和狼族同伴集结，前途未卜但渴望像风一样自由。

格林成功了！这是李微漪和亦风的成功。自由意味着给予空间和尊重，惭愧的是我没有做到，从某一种角度看，我是在扼杀孩子的天性。

反观《重返狼群》中李微漪和亦风对狼子格林的引导，过程有趣，结果有效。每一件事，都非常人所敢所想，我跟他们的距离，是一片叫“智慧”的海和一座叫“勇气”的山峰。

微漪和亦风都是艺术家，但他们毫不吝啬地把十年最美韶华给了格林，给了若尔盖草原。重返狼群背后的故事是一个个陪伴的、励志的、亲情的、友情的、爱情的故事，相信每一个看过的人都会为之动心动情。

微漪、亦风和格林的故事，给我最大的感受是：人的一生要有一项爱好，人的一生要有一个知己。爱好可以托举起梦想，当梦想起飞的时候，幸运的是有一个和你一起在梦想里奔跑的人。

这是一本父母可以陪伴孩子一起读的书。当今孩子的困惑在每一代人身上都有，看微漪的亲人是如何引导她的，爸爸说“一次考试证明不了你很差”，反让她收敛起心性开始认真读书，父母就是她一生正能量的源泉。

这是一本可以给彷徨着的年轻人一些参考的书。如果你的职业状态与理想模式发生冲突，看看微漪是如何度过的；如果创业不顺利，看看亦风是怎样调整的。一个有亲情有温度的地方，或许就是人生新坐标的原点。

一切问题的解决，都离不开一点——有爱好。抓鱼是格林的爱好，也是他无意间习得的一项技能，但这项爱好在一生中总能助他渡过难关。

故事中的遇见、相守、别离、重逢，真心应物，不刻意，不功利。

我们都身处不完满但却依然充满希望的未来中，在爱恨交织里和喜欢的、不喜欢的人来来往往，和喜欢的、不喜欢的事不期而遇，幸运的是，微漪和亦风相遇，他们又一起遇到格林，然后他们的故事被更多的人“遇到”，我只是其中之一。

宝贵生命中有几个月被一只狼魂牵梦萦，想一想是一件很浪漫的事。写作的每一天，共情于中，每每被一种动人的力量燃到情难自已。见我电话采访微漪，经常一放下电话，晧玹便满脸天真地笑着说：“妈妈，你和阿姨像在说梦话，狼真的那么有情感吗？”

这句话成为我最大的动力。“是的，所有动物都和我们人类一样，或长或短的一生，充满悲欢离合。我们放下成见，就是一种尊重；我们愿意相信，就是一种慈悲。”为了这种改变，我愿意一试。

我盼望人们透过微漪和我的文字，开始了解这些面容严肃、身手敏捷、有美德、有气质的邦客（藏语“狼”）。当我把微漪和亦风的义举一笔一笔敲进电脑时，无意间点开了一个视频，普陀山小庄居士说了这样一段话——

我们把幸福理解为有房有车、有名有利、有权有势，等到我们回望人生路的时候，我们才发现，幸福恰恰是“无”，无忧无虑、无烦无恼、无所畏惧。来到人世间修行，没有所谓的成全和完美，更多的是事与愿违，更多的是悲欢离合，更多的是爱恨蹉跎。我们这个世界在佛教当中被称为堪忍的“娑婆世界”，娑婆世界就是苦中作乐，我们都在黄连树下弹着琵琶却很高兴。时间不是药，但药就在时间里。

人狼情未了的故事，是一曲生死与共的赞歌，也是一曲逶迤旷衍的离歌，在这个故事中，我们看到如何得体地相处，还有如何体面地分别。在6月26日《重返狼群10周年特别纪念版》最后一集播完的当天，微漪在她的朋友圈中写了这样一段话——

有一种深爱，彼此惦念却不再打扰。我会默默地把你填满在空空的心房，因为那里留下了一个不可更换的位置，里面住着一个既遥远而又熟悉的名字。感恩这美好的遇见，感恩你的到来曾经温暖过我的生命！无尽牵挂，止于唇齿，镌于岁月。安好。

人与人，狼与人，都在彼此的一生里，借一程山水，笃睦着时光，鲜澄着内心，我们都是心中所爱的“去去就来”。

目录

CONTENTS

楔子

被狼族发了“通关文牒”的女子

中学毕业那年，李微漪和几位驴友合租了一辆吉普车，去若尔盖草原的红原旅行。车在半道上出了故障，等待司机冷却引擎的工夫，她抬头看了看天色，玫瑰色的落日简直美得令人落泪。一心想从最佳角度观赏，她匆忙跟旅伴打了招呼，往对面的小山包爬去。在山坡上站了几分钟，为了尽览全景，她转过一处山垭子，继续往更高处爬去。

走着走着，草越来越深，她开始有点紧张，无意间看到前方草丛在动，这个视力5.2的姑娘站住不动定睛看了看，原来有四只灰黄色的大狗正齐刷刷卧成一排也在欣赏夕阳呢！看到面前的这位不速之客，几个家伙面面相觑，并未急着起身，整齐划一地把头扭向她，八道冰锥似的目光同时射过来。她没敢再贸然往前去，两只体形稍大的狗慢悠悠地起身走来，在她身前身后嗅了嗅，然后又意兴阑珊地返回原地坐下，间或打几个哈欠。因为喜欢动物，她一边赏景一边偶尔朝大狗的方向瞟一眼，大狗也时不时打量一下她。她发现，除了个子最大的那个家伙依然警觉，其他三个的眼神已经由刚才的戒备变得柔和了许多。

远处渐渐嘈杂的人声和汽车喇叭声划破了黄昏的宁静，估计是吉普车修好了。听到远处同伴的呼唤声，她准备下山。临走她又好奇地往大狗的方向望了望，算作道别。四只大狗还是酷酷的表情，弓起身伸了个懒腰，接着一蹿一蹿地湮没在蔓草中，瞬间消失得无影无踪。

哼着歌小跑着一阵风似的下山，她兴高采烈地把刚才这场奇妙的邂逅说给旅伴听，经验丰富的司机听完一愣，猛回头盯着这个年轻女孩，倒吸一口冷气说："那是狼。"

少女瞬间蒙了，手心里、额头上一下子沁出冷汗，旁边人们的七嘴八舌全都听不见了，满脑子沙沙沙飞速闪过刚才的一幕幕……

等把出窍的灵魂重又安放进躯体里，她的心里升腾起一股奇妙的感觉，仿佛做了一场奇异的梦。

那不是梦，但是比梦更奇异。从十六岁起，在内心深处，不知怎么，李微漪总感觉自己和狼有一种神秘的缘分。没想到几年之后，冥冥之中的那份感觉，在这里不期而至。

重返狼群

第一章

Chapter 1

其实我只是一个记录者，真正的作家是小狼，他是我书中所有故事的创造者，我在他的故事里笑着哭、哭着笑……他要透过我的文字向人们讲述自由、竞争、生存、梦想、尊严、情谊、草原和狼……

2010年4月初的一天，已经是一位野生动物画家的李微漪正在若尔盖草原上写生，她完全没有料到几天后自己会找到一只濒死的小狼，这只狼将改变和影响她的一生。

她从沿途一户牧民那里听到一件新鲜事——

一只大公狼到牧民的羊圈里咬死了一只羊，猎人下了捕兽夹。这只狼后来被狼夹子困住，但他竟然从关节处自己咬断了那条伤腿奋力挣脱了。

厄运当头的他还是被循着血腥味追来的一群藏狗和猎人堵在石洞里，在咬死一条狗后，这只狼毫不退缩，始终直面洞口，用嘴死死咬住不断逼向他的利刃，搏命到最后一息。

猎人得到了一张完整的狼皮，大家说这只狼是狼王。第二天狼王的遗孀开始疯狂复仇，刚诞下幼崽就失去亲人的苦楚使她疯狂。母狼王白天独闯牧场，晚上彻夜哀嚎。

牧民备感恐惧，猎人在草场里投下毒饵。哪知再次冲下山的母狼王面无惧色地吞下，中毒后，殉情的她挣扎着跑回狼洞，那里蜷缩着她降世才几天的孩子们，她应该是想看孩子们最后一眼。

连猎人都不忍心看这凄凉惨景，他最终也没能得到母狼王这张完整的狼皮，因为她在生命的最后一刻决绝地咬烂了自己背上

的皮。

听完，李微漪觉得自己的心被狠抽了几下。那一窝嗷嗷待哺的小狼在哪？还活着吗？她辞别牧民，绞尽脑汁一路打探。三天后，在远山一户牧民家里，她终于找到了狼王的遗孤们，可仅有一只小狼气若游丝还活着。

李微漪用尽所有的救护知识，将这只小狼从鬼门关“抢”了回来。她做出一个大胆的决定：把他抱回成都，养他。

一路周折回到成都后，她瞒住父母，把小狼藏在自己的画室里，还给他起了一个童话般的名字——格林。

格林（Green）—— 绿色，是小狼的故乡若尔盖草原的颜色。

微漪和她的挚友亦风呵护着小狼的每一寸成长，但城市终究不是一只不断长大的小狼的容身之所，钢筋水泥的“森林”锁不住小格林的嗥叫和日益萌发的野性。

格林三个月大时，微漪带他回到草原，先来到友人的獒场。在险象环生的环境中，只有一百天大的小狼在夹缝中求生存，要对付欲置其于死地的暴獒，还要对付门外穷凶极恶的草原领地狗。

一只年幼的小狼竟能凭借自己非凡的智慧和基因里的生存技能，与几只藏獒化敌为友、结伴而居，他们甚至还结为盟友，一起与欺辱他们的獒群格斗。

渐渐安顿的獒场生活，却也让格林失去狼

的进取天性和不屈斗志。微漪最终决定，陪伴格林寻找他真正的族裔——狼群。

她和亦风出入若尔盖草原的无人区，在那里陪伴、野化格林，

不断尝试着让他和狼群接触，二人一狼在这片美丽的湿地草原度过了足以让他们铭记一生的六个月快乐时光。

2011年2月2日，庚寅除夕，恰是中国人阖家团圆的日子。

九个月大的格林，在响彻峰峦的群狼嗥叫中，勇敢地迈开归队的脚步，走向正在冬季集结的野狼群，成为世界上第一只由人类养大又成功重返荒野的狼。

李微漪和亦风见证了那个神奇的时刻，成为最早拍摄到中国境内最大野生狼群的人。

与格林分别后的七百多个日夜，万般思念撕扯着微漪，她想知道格林过得好不好，有没有生命危险。于是她变卖两套房产，添置数百万元摄像器材，和亦风开车满载着补给再赴狼山。

他们痴守在艰苦的牧区，在寻找格林的过程中，用镜头拍下了狼、狐狸、黑颈鹤、火燕四个野生动物家庭的有趣日常。原来，野生动物的天伦之乐与离合悲欢，同我们人类一样深怀情与义。

本以为是一次自由不羁的潇洒记录，却无意间翻开了更为沉重的一页，天灾与人祸让这些草原生灵本就凶险莫测的生活变得更加颠沛流离。

为了追踪格林，微漪和亦风冒险在狼洞附近和河道旁安了摄像机，始终没有捕捉到格林的踪影，但却在格林回归的山里拍到了四只野生幼狼，他俩给小家伙们分别取名为福仔、双截棍、飞毛腿和小不点。小狼们幸福玩耍的影像抚慰了二人对狼儿格林的思念。

不料，贪婪的盗猎者掏了狼洞，只有飞毛腿侥幸逃脱，福仔、双截棍和小不点身陷囹圄。微漪和亦风冒着生命危险一路追踪，救回了福仔和小不点，只可惜双截棍没找到。

微漪为获救后的福仔和小不点疗伤，一周后目送两只小狼踏上回家的路。四只小狼的母亲始终对微漪保持着高度警觉，但在小狼

飞毛腿生命垂危时，这只被微漪叫作“辣妈格桑”的阿尔法母狼却选择向她求助。

水灾过后暴发口蹄疫，带着小不点下山吃死牛的福仔被死牛贩子当场爆头，这个颇具狼王气质的小生命只在这个世界停留了短短四个月，微漪和亦风在这片他来不及多看一眼的草原上安葬了他。

命途多舛的双截棍最终被他们发现时已是一堆白化的骸骨。这只小狼从盗猎者那里逃脱，戴着人类勒在他脖子上的铁丝圈。几十公里的归家路，他穿过公路、河流、沼泽、草甸，但在朝着妈妈和家自由奔跑时，每多跑一天，他脖子上的粗铁丝就勒得更紧一些。双截棍最后窒息而亡，等微漪和亦风找到他的时候已经晚了，他也只活了五个多月。

对着太阳的方向，李微漪把双截棍的遗骨和着黏土塑出一座狼雕，她要纪念这只直到生命最后一秒还在奔向自由的小狼，她要让双截棍站起来看看这个他从小就没来得及多看一眼的草原。

无数次憧憬着和格林重逢，但微漪绝没有想到是在双截棍的墓前。造化弄人，与格林分别三年，他们重返狼山后再次搭救的小狼们，正是格林的孩子。

格林，已是一代狼王。

他们在狼雕周围安了摄像机，从摄像机的监视器里，微漪和亦风看到这样一幕：

狼，真正的狼，就站在狼雕旁。

一只狼舔舐着“双截棍”的脸，仿佛是在虔诚地祭祀。微漪认出，她是辣妈格桑。又有一只狼走进镜头，是微漪救过的飞毛腿，她亲吻着自己的兄弟“双截棍”的耳朵。第三只狼抬起头，是从未露过面的这家的一家之主，他是格林。

格林从上到下闻着“双截棍”，然后在狼雕的侧方卧下，像一尊狮身人面像一样凝视前方，和“双截棍”望向同一个方向。风吹拂着狼王蓬松厚重的鬃毛，他半闭着双眼深吸着风中的味道，表情怅然。

当微漪冲出小屋奔入旷野大声呼唤他时，格林一家三口匆匆回望，片刻迟疑后，还是先后纵身越过围栏，消失在一望无垠的蒿草丛里，好像方才什么都没有发生过。

微漪当年每次在格林遇险时都大喊：“格林快跑，躲避人，无论什么人！”此刻，一语成谶。

当微漪流着泪从草坡走回她住的小屋，看到放在家门外的猎物时，方才大梦初醒，原来好多个月以来她并不聪明的看家狗每隔一段时间兴高采烈叼回来的新鲜野兔和旱獭，都是格林送给妈妈的贴心礼物。

格林知道微漪妈妈来了，一直都知道。

后来，在山坡上，在小溪旁，他们又两度重逢。微漪的欢呼雀跃和喜极而泣，格林都看到了，但是他选择站在山谷和溪畔长久地深情凝望。格林的眼神依然清澈，只是神采里不再只有信任和爱，还多了深沉和沧桑。

想再一次人狼共舞，却终不得。两望烟水里，人类妈妈撕心裂肺地企盼，狼孩子眼里那久别重逢的炽焰却瞬间从热烈光亮到黯淡沉郁。人与狼，一进一退，狼儿一抬脚一转身，眼里波光一闪，隔岸的妈妈已是泪成行。

格林，再见。

再见了，格林。

在李微漪和格林的故事里，人类和野生动物竟能如此和谐共处。“人中之狼”和“狼中之人”这一段跨越物种的生活及交流经历堪如史诗般宏阔传奇，人狼未了情成为一曲永难再现的草原恋歌。

“你我并非同族，亦可风雨同舟”的珍贵镜头映入眼帘——

人、狼、獒三额相抵在漫天大雪中依依惜别，身着藏袍的李微漪走在最前面，小狼格林紧随其后，他们身后的獒犬森格是那样地想挣脱颈项上的锁链追随他们。在李微漪的世界里，狼和獒不再是敌人，可以是朋友。

在隆冬寒风霜雪的无涯等待中，几近断粮的微漪被困于山间小屋，格林像个少小养家的孩子，每日早出晚归狩猎，他居然隔三岔五把自己的猎物埋在固定的藏食地点，舍得将食物分给微漪。“狼中之人”与“人中之狼”的角色互换感动天地。

在野狼群终于愿意等待独狼格林归队时，听到同类召唤的格林去而复返，三度来来回回。万般向往自由又对微漪妈妈依依不舍，一层泪雾渐渐在他眼底升腾，最后在人类妈妈哽咽的告别声中，在人类妈妈的不断鼓励下，格林才不复纠结迟疑，毅然踏向狼山。

了不起的中国草原狼格林，与人类父母共同度过了九个月的温馨时光。他享受过人给予他的深爱，因而乖巧温顺、通达人性。但在盗猎者残害了他的孩子后，他选择从此远离人类，见到曾经的恩主（人类养母）仍会报以深沉的守护和爱的回馈。

为了纪念与格林的这段感情，微漪将在草原上的日记整理成册结集出版。2012年7月，纪实体小说《重返狼群》问世；2015年5月，《重返狼群》第二部问世。浩浩文字里，是她对狼儿格林的殷殷深情，是她心里对盗猎者的熊熊怒焰。

她不单描绘出一部顽强的小孤狼的成长史，还勾勒出狼族中狼王的社会角色。她所写的看似是人类对幼狼的救赎，实则是人和狼之间的相互慰藉。她的文字充满哲思：作为森林和草原生态链上的顶级掠食者，狼的杀戮单纯且有节制，“不是我要吃，而是我想活”。反观人类，则更多是为交易、利润、炫耀、娱乐所驱使。

2017年6月，根据这段经历的原始影像剪辑而成的纪录电影《重返狼群》上映，优酷评分9.4。2021年3月，12集纪录片《重返狼群10周年特别纪念版》在优酷上线，优酷评分9.6。如果不是有影像为证，有多少人愿意相信千百年来被妖魔化的狼族，同样有着忠贞不渝的爱情和生死相依的家族观念，又有多少人能看到他们退无可退的绝处求生和正在消逝的家园！格林像是一个游走在草原上的使者，引领人类了解狼群，了解大自然。

十年来，重返狼群的故事让越来越多的人了解狼、迷上狼，格林成为粉丝心目中的“格林宝贝”，有了上百万牵挂他的人。微漪说：“其实我只是一个记录者，真正的作家是小狼，他是我书中所有故事的创造者，我在他的故事里笑着哭、哭着笑……他要透过我的文字向人们讲述自由、竞争、生存、梦想、尊严、情谊、草原和狼……”

最初的记录演变为一种自觉的担当。李微漪知道以一己之力很难改变人们若干个世纪以来的偏见，但她愿做一个“愚公”，她相信平凡文字在人们心中荡起的微微涟漪终究有一天会掀起巨浪。

2020年7月29日，中国首个狼生态保护监测站在若尔盖正式挂牌。挂牌仪式上，为此付出十年青春与努力的李微漪轻踮起足尖，用手一遍遍轻划着金色牌匾上的“狼”字，仿佛是在抚摸格林。

心之所向，素履可往。“狼女”李微漪活出了很多人灵魂中想要的那个模样。其实，不光是狼，李微漪是如此地热爱大自然中的所有生灵。她的故事，还要从她无拘无束的童年讲起，那是一个在当今的孩子看来近乎童话的童年。

爱喝糖水的『果子』

第二章

Chapter 2

爸爸常说：『这世界是千姿百态的，有向阳的植物，就有喜阴的，这与它们生活的环境和成长的经历有关，我希望我的女儿是追逐阳光而开的花。』

爸爸妈妈给我最大的影响就是乐观勇敢、热爱生活，凡事多看好的一面。爸爸是教文学的，我从小睡前总喜欢缠着爸爸讲诗词。爸爸每天兑一杯糖开水给我喝，像浇灌一株甜蜜的花。

到现在我还爱喝糖水。

上个世纪六十年代初，爸爸十几岁，正值国家困难时期，家家都不富裕，读中学的爸爸带着他上小学的弟弟妹妹，每个周末都去勤工俭学补贴家用。兄妹三人拉着平板车给工厂送砖、送米、送糖，有时候也把麦草拉进城，送到东郊纸厂当造纸原料。

爸爸回忆说，从城外一路把货拉进城需要走大半天的时间，走路都累，更何况还拉着一车重物。那时马路坑洼不平，全是碎石，不时还有小石子被车轮弹起来打到孩子们头上，每天回家脚上全是水疱。那时工人一个月挣二三十块钱，他们拉一趟车能挣七八块，所以第二天还是忍痛踩着水疱，跟着工人叔叔们的板车队继续干。

他们最向往的是给皮革厂送货，因为皮革厂的伙食团会给大家管一顿饭——猪油饭。猪油是从皮革厂的猪皮上刮下来的，攒多了就交给负责伙食的大师傅熬制成油，炒饭用。那时候的人极少能沾荤腥，吃猪油饭，简直是一件香死人的美事。孩子们早饭、午饭都不吃，空一天的肚子拉货，就盼着晚上的那一大碗香饭。

有时候是给糕点厂或糖厂拉糖，那时候的糖是古巴糖，是一种焦黄色没有提纯的糖。他们得和大人们的板车队一起把糖拉到倒桑树、二仙桥、神仙树这几个仓库。

那些年大家都饿，工人们把车拉到僻静的地方，就会停下来休息。看四下无人，就开始集体行动——大家各自拿出搪瓷茶缸，瞅瞅没人看见就用手指抠装糖的麻袋，从麻袋窟窿眼里抠出糖块儿

来。他们把抠出的糖块儿放进茶缸里，兑着茶水喝，没有热水的就近去路边水沟里舀点水，也能喝上。

只要知道当天要拉糖，大家就很踊跃。因为那时候粮食紧张，糖更紧张，每家每户一个月只有半斤糖的指标。工人们早上不吃饭，其实也没什么早饭可吃，大家都空着肚子，等着抠点糖吃。糖厂仓库接收糖的人多少知道点情况，但也睁一只眼闭一只眼。

拉米的时候，工人们也想出了办法。因为货送到仓库时，仓库只收米，米口袋是要返还给工人的。于是有人就在拎着口袋倒米的时候，两手分别捏住袋子后角，捏紧一点，手里就各攥着一小把米。假装抖一抖，好像口袋已经倒空了，再放回平板车上。等回家以后，关上家门，把所有口袋都拿出来抖一抖，残余的米收集起来能有半斤多。如此多拉几趟下来，一家人这个月的口粮就有了。

爸爸是个忠厚人，又有文艺少年的傲骨，对大家的做法，他理解但不认同。他送的糖和米从不短斤缺两。大家喝糖水时，他就硬生生扭过头去，咬牙忍住。

不过有一次，爸爸在送糖途中因为低血糖饿昏过去了。同行的人便灌了他一口糖水，爸爸悠悠醒转，便是那一口糖水的味道让他终生难忘。

所以在我长大的过程中，爸爸就总是兑糖开水给我喝。爸爸一生都笃信糖水能治病，也能治愈不开心。他想让他的女儿每天都沉浸在甜蜜中。

我小时候脸上有雀斑，刚到成都时，城里的小朋友常拿这个缺点奚落我，疏远我，叫我“麻姑”。童言无忌，却很伤人，小孩子的心灵很容易蒙上阴影。外婆就给我讲丑小鸭的故事，但童话故事只能憧憬一次，而更多的时候，需要自己去寻找一些快乐来让自己鼓起勇气。

于是我就画画、唱歌，虽然我长得比较普通，但我可以画出美好的东西，让小伙伴们羡慕不已。画画的过程很能丰富内心，可以不用理会外界的任何非议，只要随心而行。

城里的小朋友们不爱跟我玩，这倒给自己省下了不少时间来画画、弹琴、做手工。爸爸常说：“这世界是千姿百态的，有向阳的植物，就有喜阴的，这与它们生活的环境和成长的经历有关，我希望我的女儿是追逐阳光而开的花。”

妈妈就很简单了：“保持开朗，努力学习。爸爸妈妈就是你的朋友。”外婆说：“长得丑的果子就会努力长得甜。”我说：“等我长甜了，第一个给外婆尝。”可惜外婆没能等到我成熟，在我十六岁的时候，她去世了。这是我永久的遗憾。

画画、音乐和书籍是常伴我的一束光。少女时代的我比较沉默，朋友不多，会选择那些不以貌取人的朋友，而对聊不来的人则一言不发。爸爸看我常常独来独往，一个人在角落里画画，挺心酸，总会给我灌点心灵老鸭汤：“我的女儿画得越来越好了，所以上苍如果给你一些缺点，就一定会赋予你一些优点，有短处就一定会有长处。”没想到我咯咯笑着回他：“对啊对啊，上苍如果让一个人的左腿短一点，就一定会让他的右腿长一点。”爸爸就又心疼又好笑地戳我的脑袋，喊我“鬼精灵”，不过他能感觉出我的内心已经因丰富而强大，不用活在别人的眼里了，像那一株绕过石头继续趋光的树苗。

在我从小的印象中，爸妈首先是我的朋友，其次才是我的父母。

我的好奇心重，爱好又太多，经常由着性子去做我喜欢的事情。初三时，马上就要考试了，我还沉迷在捏一个泥塑作品当中，没去背我不喜欢的化学元素表和数学公式，考试的结果可想而知。

当我拿着化学考卷回家时，爸妈却并没有怎么责怪，而是反复欣赏我已经完成的泥塑作品，并精心地为我保存了下来。他们知道我是个感性的娃，创作冲动一起来，很难强迫我分心去背书学习，为了一张试卷浇灭孩子的爱好和激情，没有必要。

我记得爸爸对我说：“一次考试证明不了你很差。”后来我拿回了数学考卷，用两次考试证明了我就是很差，爸妈就不那么淡定了。好在我的物理拿了高分，爸妈才松了一口气。

这也算有得有失吧，考卷上的分数带来的悲喜是短暂的，考砸

中学时期捏的泥塑

一次并不会晦暗人生，考赢一次也不足以光耀门楣。几乎不会有人将考卷珍藏下来回忆童年，但孩提时的作品却可以一直留存，长大后每次看到都会心一笑，它们记录了那年少时的快乐时光。

成长中，没有什么比快乐更重要。生活中，没有什么比心有所爱更值得。

现在有很多人都是应试教育下的高分学霸，成年后除了做专业对口的工作之外，别无他长。两点一线重复的生活，每天忙于保持收支平衡，对于任何人都是空洞而乏味的。一旦面临失业便惶惶不安，为了保住仅有的工作，压抑得性格都扭曲了。一旦感情受挫，便寄希望于另寻一个人照亮自己的生活，却总是找不到理想中最合拍的那个人。

也许原因不在别人。如果自己不会跳舞，换一个舞伴，同样不会跳。步入老年以后，更是无趣，孩子成年了，伴侣离开了……开亮所有的灯，循环放着电视，除了家里那一方天地，再没有什么精神寄托，剩下的只有日积月累的挑剔、唠叨和负能量。心无所爱，唯有空虚陪伴始终。等到年纪大了，学习、工作甚至家庭都成了过去，才会发现有一个爱好往往比一个爱人更暖心。

我很感激父母从小保护了我对艺术的追求、对生活的热爱和对世界的好奇心。这让我哪怕遇到不如意时，可画画，可弹琴，可

爸爸年轻时在名山中学教书

刺绣，可雕塑，可写书，可做手工，可去户外跋山涉水，可在家里种花养草。我有太多获得快乐的方式抚平创伤，足以生活得乐观而自信。

小时候，老爸常教育我说：“读书，除了获取知识，更重要的是为了学会思考，理解生活。”我深以为然。

上了师范以后，需要实习了，因为工作的需要，妈妈带我去医

院做了祛斑。几个月后，结痂掉尽，洗出一张光洁的脸，妈妈笑着说：“原来我的女儿这么漂亮啊，大大方方走上讲台吧！”

越长大，我就越感谢父母对我的鼓励、宽容和理解。

时光渐逝，爸爸妈妈老了，有时在电子产品面前手足无措，换成是我引导他们了。我还记得第一次教爸爸在电脑上打字，他像一个小孩子一样兴奋、认真，输入“我爱你”三个字足足用了三分钟。

我教他们上网，妈妈第一次提出的要求就是想听一首他们那个时代的歌，使劲回忆歌名叫作“掀起你的头盖骨”，惊得我脑门出了一层汗：那个时代的歌这么重口味？爸爸赶紧纠正：“《掀起你的盖头来》。”一搜，果然好听。妈妈又惊又喜，像遇到一个老朋友一样听不够，高兴得随音乐手舞足蹈。

智能手机时代，我试着教爸妈用微信。我把手机借给爸爸先熟悉一下，刚离开一会儿，就听爸爸大声喊我。问他什么事，他说：“借你人头一用。”

几十年的养育之恩，终于到要还债的时候了吗？我一脸狐疑地走到老爸跟前，他笑眯眯地说：“老爸不才，把手机玩‘熄火’了，需要你来人脸认证。”

微信让爸妈与老同学、老朋友沟通更方便，但与此同时，二老也对手机上传播的各种消息深信不疑，屡屡上当。我也语重心长地对他们说：“上网，除了获取知识，更重要的是为了学会思考，识破骗子的各种套路……”

“闪一边儿去！”老爸笑骂。这句经典名言从此有了新解。

时代不同了，女儿长大了，是该我守护他们的时候了。

淘出天际

第三章
Chapter 3

李徽漪的成长始终得到理解和尊重，她的父母引导但不主宰孩子的命运，发生在她身上的奇遇，源于家庭给予她的中西合璧、仁爱宽容的教育。

从四川省雅安市名山县蒙阳镇到成都的碎石马路上，一辆长途车里坐满了人。上个世纪九十年代初，这段旅程走起来要四个多小时。乘客们大多在吃零食、打瞌睡、大声闲聊。

一个看起来七八岁的小姑娘，穿着一件蓝色小碎花棉袄，背个小布包，怀里抱着一只花翎大公鸡。小孩儿身边没有跟着大人，但她好像一点也不害怕，时不时还捋一捋花翎鸡的羽毛，好像是在安抚一个小旅伴。

这个小女孩就是幼年时期的李微漪，她只身坐长途车从名山投奔成都舅舅家。

微漪小时候随爸爸妈妈生活在名山县蒙阳镇，爸爸在名山中学执教。微漪从三岁起就痴迷小动物，第一个萌宠是一只毛茸茸的小黄鸭。

那个年代，孩子们的玩具乏善可陈，刚孵出的小鸡小鸭是很多小朋友的心头好。微漪每天哄着小鸭子睡觉，带着小鸭子去游泳，挖蚯蚓给小鸭子吃……精心养了三个多月。有一天，她的小鸭子有点打蔫儿，微漪左摸右看地逗它，小鸭子还是抖不起精神来。

微漪的小脑瓜里忽然闪现出医院里那些白大褂叔叔阿姨的样子，他们会做手术，只要打开肚子，把里面的“零件”修理修理，病人就好啦！于是“小医生”初试医术，不承想小鸭子没下“手术台”，凉了。

意识到眼前的小鸭子再也醒不过来的时候，小姑娘紧紧地抱住萌宠，哭了个呼天抢地。

妈妈回家，才把小鸭子从女儿的怀里放下来。妈妈说：“你特别爱它，但是你不知道它需要什么！”微漪抽抽搭搭、似懂非懂地点点头，被妈妈劝了好一阵才止住泪。

哭了一下午也累了，小姑娘被妈妈抱到床上躺下，不一会儿就迷糊着了。是饭菜的香味唤醒了她，那天的晚餐多了一道“横菜”——仔鸭汤。据她回忆，那顿饭好像吃得还挺香。

微漪出生时有八斤重，肉圈一层叠一层，像个米其林轮胎人宝宝。到了临产期，她磨磨蹭蹭不出来，愣是在妈妈的肚子里又待了好多天。

几个月大时，妈妈给她洗澡，胖娃用嫩藕节儿似的小手使劲扑棱水，小身子像条滑溜的大鲤鱼。能吃又能睡的小女娃，每天都是夜深人静时才让妈妈喘口气。妈妈呢，从不抱怨，总是温柔耐心地循环给她讲“从前有座山，山里有座庙……”的故事，绕着绕着就把她绕进了梦乡。

小微漪明显比别的孩子高大壮实，脑袋好使，腿脚更好使，没见她和小姑娘们玩过家家，倒是很多上房揭瓦的秃小子成了她的死党。玩饿了，她就带着小子们爬树摘果子吃，有吃有玩，她的追随者越来越多。丫头片子好胜心强，鬼点子多，天生王者气质，打架是常有的事——对手是“农村三霸”。

公鸡、大鹅、田园犬，号称“农村三霸”。大人让小孩儿们钻鸡窝捡鸡蛋，小孩儿们免不了跟天生好斗的三霸们起冲突，于是撵鸡追狗斗大鹅成了孩子们的童子功，一日三餐，无架不欢。微漪小时候，脑袋瓜子没少被公鸡啄过，小屁股没少被大鹅夹过，所幸妈妈最担心的狗子们没下口咬过她。因为事后微漪爸总会让她带些肉包子去收买狗子。“肉包子打狗”的事，狗子们积极配合。两个多月后，狗子们被成功策反。每次微漪出门，一群狗就摇着尾巴屁颠儿屁颠儿地护驾。捡鸡蛋，狗子帮忙放哨；斗大鹅，狗子帮忙掠阵；有大孩子欺负她，狗子们就群起而吼退“敌人”。有了这群保镖，微漪妈妈就不太担心女儿的安全了。

开始读蒙阳镇小学了，爸爸亲自教她识文断字，教她背诵古诗。妈妈那时在印刷厂工

作，常拿彩纸的边角余料给她做纸毽子。课间，小伙伴们比赛踢毽子，妈妈每天下班后会问她："毽子踢坏了没有啊？晚上妈再给你做几个。"

微漪一家住在山上爸爸教书的名山中学里，蒙阳镇小学在山脚下。她下山路上常常随手掰个粗树杈，把枝头削尖了当枪使。打仗、跑步、爬山，每一天的"探险"不重样。妈妈每天追在后面喊："山里有蛇，小心一些呀！"话音落下，孩子早没影儿了。

后来，游戏惊险系数加码，小姑娘每天和几个小男孩追撵行进中的手扶拖拉机，边跑边扒车，拖拉机司机吼都吼不掉这些小尾巴。

米其林宝宝生生成了蒙阳镇小哪吒！

要翻天了，一向对她宠溺有加的妈妈把心一横：不能再这样疯闹下去了，把她送走，去成都舅舅家，让外婆好好教教当淑女的规矩。

于是就有了开篇那一幕。

成都到了。

舅舅、舅妈还有六岁的表弟住在一个两居室里，为了照顾微漪，外婆也来了，一家五口就住在这所不大的房子里。大人们商量着改造一下，把房子格局变成了三居室。尽管各有各的空间，可时间长了，在生活中两个孩子还是难免会有一些磕绊。

外婆受过很好的中式教育，尊崇克己复礼的美德，凡事都替儿子媳妇的和睦着想，经常叮嘱小外孙女要客气谦让，说：“有什么不开心的，告诉外婆就好，别给舅舅、舅妈添乱。”小微漪懂事地点着头。

在城市生活，处处都需要钱。好强的小姑娘想赶快挣钱，有了钱不就能跟外婆过上更好的日子！看邻居卖牙膏皮，于是她灵光一现把一管牙膏全挤了，卖牙膏皮挣了三分钱。

事后外婆笑着教她：“傻娃娃，挣钱不能从家里想辙。”

刚到成都时，微漪上的是提督街小学，坐落在成都寸土寸金的金融街地段上的学校。因为是从小镇上来的，老师心想这孩子肯定基础弱，就问她：“你都认得什么字呀？”微漪瞧了一眼老师手上

微漪和表弟以及家里的第一台电视机

名山中学，占地 151 亩，山上的校园是唐代的学宫，清代为文庙，史接千载。山正面有 300 级石阶，有牌坊和状元桥。小时候徽澥和哥哥在石阶上背着手，一路“青蛙跳”上山的书，正翻开《乌鸦喝水》那一课，她没再瞅第二眼，就口齿伶俐地背起来。

这下轮到老师吃惊了。老师哪里知道，微漪爸爸在微漪学龄前就教她念了好多书，而且要求学一篇背一篇；再学一篇，再背一篇；学到最后，滚瓜烂熟背全本。

老师很意外，问她："你爸爸是干什么的呀？"微漪落落大方地答："我爸爸是教文学的。"又指着老师手上课本中的插图说："这种瓶子里水不到一半，乌鸦扔石头也喝不着。"老师更意外了，还没有哪个孩子敢挑课本的错呢！

老师又问她："你怎么知道的？"

微漪指着插图上的大肚瓶子："妈妈带我试过，小石头的空隙率太大了，这点水上不来。"

老师搓了搓手，再问："你妈妈是干什么的？"

"妈妈教过数理化。"

老师又考了她几道数学题，全对。

"行，你干脆插班跳一级吧！"面试完美收官。

微漪的表达能力特别好，因为爸爸妈妈都是她的学前老师，也是她的忠实听众。小时候在父母身边时，爸爸讲历史故事和典籍，听爸爸讲完一遍后，她再绘声绘色地给妈妈复述一遍。

到成都后，依傍在外婆身边的日子，老人家每晚给她讲《安徒生童话》《伊索寓言》。寓言里有一个故事叫《孩子和青蛙》，小孩拿着石头往水池里扔，砸青蛙取乐，青蛙忽然开口说话："这对你们而言只是游戏，可是对我们而言，却是生死攸关的问题。"讲完一个小故事，外婆会让小外孙女回味一会儿然后谈感受，把悟出的道理讲给外婆听听。

微漪的外婆和妈妈

微漪对外婆有着深厚的感情，外婆已去世多年，但每当回忆起在外婆身边的日子时，她的内心都是无尽的缅怀与感恩，她感激外婆呵护了她的天真。她回忆说："孩子需要童话的呵护，童话是幼小心灵的保护伞，它会给孩子擦去眼泪、抚平伤口，让孩子们相信英雄，相信奇迹，相信美好，逐渐明白一些道理。小时候我一直以为我养过的那只小鸭子是变成天鹅飞走了。外婆从不会跟我说童话都是骗人的。因为她知道揭露真相只能加速孩子的成长，跨过天真。在娃娃心智尚未成熟的时候，对外界的伤害是没有抵抗力的。终有一天残酷的现实会恶狠狠地扑向我们，但那时候我们已经有了面对它的勇气。"

一天，放学路上，她路过一个冶金单位大门口，看到一位叔叔在大红纸上写横幅标语，边写边晾。爱写字的小微漪便凑近去看，边看边念。叔叔听微漪一路念下来，“冶金”的“冶”字居然没有念成“治疗”的“治”，抬头看了一眼这个小学生，觉得有点意思。“你认识多少字？”他向旁边的卫生板报一努嘴，“那边的字认得全吗？”微漪点点头，照着念：“……居家可采用诱捕方式，杀灭蚊子、苍蝇、甲由……”

“甲由”二字是蟑螂的古称，很多人都不认识，叔叔顿时对这个小丫头另眼相看：“会写吗？”叔叔递了一张多余的大红纸给她，微漪拿起排刷就写起美术字来。

从那天起，小微漪就常常来这里写字打零工。那位叔叔是冶金厂的车间主任，因为书法漂亮，兼任厂里的宣传干事。他身兼二职忙得不可开交，正巴不得找个帮手。

微漪有一套特别心爱的十二色彩虹牌泡沫笔，那是用外婆给的零花钱买的。一想到如果自己能挣钱，就可以随心所欲买笔画画，还能好好孝敬一下外婆，那晚她兴奋得彻夜难眠。

在没有喷绘、没有打字快印店的年代，很多单位都苦于没有美术人才。每天上学，微漪都带着字典和美术本，随用随查。放学后，写一条标语二十元，出一回黑板报十元。后来有好几家机关单位看到这些板报、标语，也都乐于找这位小姑娘帮忙写写画画。

上世纪九十年代初，大人的月工资也才一两百块，微漪的第一桶金相当可观。不光有了“小金库”，关键她还认识了更多的字，阅读水平突飞猛进。

挣的钱就存着留给爸妈，她从不乱花，但很舍得给外婆买吃的——香蕉、美美牌虾条、太阳牌锅巴。她爱吃巧克力豆，但一个月只买一包，一天一粒数着吃，相当节制。

一次班里出学习雷锋的板报，微漪信手拈来在黑板上画了幅雷锋像，美术老师眼睛都亮了，看了好一阵，回过身来问：“谁画的？”全班同学的脑袋都骄傲地扭向最后一排，老师冲微漪伸出了大拇指。从此，她就成了这位老师的爱徒。

美术老师其实是成都一位小有名气的画家，姓周，因为喜欢画猴子，画界称他“周猴子”。可惜后来微漪从提督街小学转到顺城街小学后，跟这位很喜欢她的美术老师失联了。

微漪很喜欢当年的提督街小学，学校从前是张飞庙，主席台原是个琉璃瓦的戏台，戏台顶上满目绿色琉璃瓦，瓦上五脊六兽姿态各异地镇在那儿。

微漪还特别喜欢提督街小学的班主任，就是听她背《乌鸦喝水》的那位老师。老师姓那，是旗人后裔，说得一口字正腔圆的北京话。刚到成都时，微漪因为一口浓重的雅安口音总是被同学模仿取笑，但那老师很喜欢她，下课时经常把她叫到办公室和她聊几句，慢慢地她发音就标准了。

微漪喜欢那老师，因为那老师教她“腹有诗书气自华”。

那老师喜欢这个学生，因为她作文写得好，常常拿她的作文来做范文。

老师每个周末都会让学生写五百字的周记，微漪一听到命题作文，脑袋就疼了。她写上两行就啃着笔杆开始数字数。狡猾的姑娘为了凑字数形成了很多套路，例如不写“1991年”，而写成“20世纪九十年代之初期”，能多很多个字。好不容易凑够字数交差了，怎么看都不是自己想写的。

有一回周末独自在家，微漪想起从前和爸爸在一起背诗的日子，借着那天的细雨，写了一首表达对爸爸的想念的诗，寥寥数行却真情流露。可是字数不达标啊，全诗加上标题和标点符号也不到一百字。周一上学，微漪有些忐忑地交了作业，谁知老师看后大为感动，竟然在班上当范文念了，还夸了她一番。

第二周，全班每个同学都交来一首小诗，因为写诗字少好交差，都是打油诗或索性凑四行字，气得那老师大嚷：“不许偷懒取巧！”

还有一次，微漪在作文中用了“青翠欲滴”四个字，在那时小孩子们一篇篇平铺直叙的大白话中，这个带点文艺气息的词绝对算是独树一帜的“小清新”，那老师忍不住又表扬了她。

到周一交作文时，几乎全班同学都用了“青翠欲滴”——“爸爸端起了青翠欲滴的玉酒杯”，“她穿了一条绿色的裙子，真是青翠欲滴”，更有甚者写“我的鼻涕青翠欲滴”，那老师只好一脸苦笑。

上世纪九十年代中期，组合家具风靡全国，谁家要是有一套宝丽板的组合家具绝对能引领潮流。爸妈决定请木匠打一套。上门干活的木匠师徒忙着画标线、量尺寸、锯板子，微漪觉得那个年龄小一点的木匠看起来很稚嫩，便问他：“小哥哥，你为什么不去上学呢？”男孩讷讷地说：“家里穷，不上了。”微漪看着这个比自己大不了几岁的小男生吃力地锯板子，可能他是刚入行，吭哧吭哧相当费劲，不一会儿就满脸是汗。

后来微漪把这一段感慨写进了作文，她写道：“锯末一点点跌落到地上，聚成了一行，仿佛人生的起跑线。但我们的方向已各自不同了！”

这一段太让那老师惊喜了，她把微漪叫到办公室，笑着说：“你这篇开始写得有思想了，可我不能再公开表扬你了！我怕下周全班的作文里都是起跑线。”

从此以后，那老师经常单独指点微漪，也再没限定她的作文字数和题目，她对写作的热情和自信正是那时点燃的。

在提督街小学上了两年学，微漪转到了顺城街小学。顺城街小学是射击特色校，年龄小但个子高的微漪天天扛着枪练打靶。站姿、跪姿、卧姿，一丝不苟苦练半年，终于发了子弹，“神枪手”们个个欢天喜地去实弹打靶。

那真是现在的孩子们想也不敢想的童话般的小学生活！

小时候为了看电视，微漪没少跟妈妈斗智。家里有一台索尼显像管电视机。孩子心里的小火苗始终忽闪着《米老鼠和唐老鸭》，而大人的要求是做完暑假功课才能看电视，可是《米老鼠和唐老鸭》每天晚上六点播出，那时候可没有重播回放。

微漪可爱地祈求：“美人妈妈，我可以看电视吗？”

妈妈温柔地回答：“可以，但是不能打开。”

装可爱不奏效，那就趁着爸妈没回家，一边看电视一边支棱起耳朵听爸妈下班的动静。

爸爸回家的标志是咳嗽一下，听到这一声，微漪像离弦的箭一样蹿起来关电视。妈妈回家肯定问她：“做功课了吗？”微漪答：“刚回来，正要做。”

妈妈一摸电视的温度，似笑非笑地看着她说：“你起码回来半个小时了。”妈妈居然老练到可以通过电视的温度判断她到底看没看电视、看了多长时间，这太让人崩溃了！

智慧是在斗争中不断增长的，“聪明的小狐狸”一回家就把课本、作业在桌子上铺好，写上一排字，制造正在用功的现场。然后，拿一台电风扇对着电视做物理降温。但效果不显著，散不了多少热。再后来，微漪发现不光要有风，还要有水才成，但总不能往电视机上淋水吧。

主意有了。外婆爱喝冰咖啡，所以家里的冰箱中总冻着冰块，微漪就掏空她的小太阳书包，装上一包冰块，把冻书包放在电视后机箱上降温。这次妈妈回家一摸，电视不但不热还凉凉的。

转天，当微漪故技重演时，妈妈不上套了，她用手指在电视屏幕上轻轻一划，手指划过处噼啪作响，屏幕上出现了一条灰白色的电光。妈妈扭过身望着小丫头："刚关了的电视，屏幕上会有静电。懂不？"

微漪傻眼了，老天干吗要给她一个懂物理的妈妈呀！再狡猾的狐狸也斗不过好猎手。但总还可以争取宽大处理，她乖乖把屁股一撅，大喊："妈妈，我爱你一辈子！"一声呼喊溢出满满的求生欲。她偷偷从胳膊缝里偷窥，"就义"前的话都喊出来了，看妈妈下不下得了手。妈妈咬住嘴唇，强忍着不让嘴角扬起来，还是打了一巴掌——与其说是打，不如说是拍灰。

"对付妈妈，攻心为上，"说到这里，微漪掩嘴偷笑，"看《米老鼠和唐老鸭》，是我儿时的夙愿。妈妈答应我，等我长大了就带我去迪士尼乐园。这句话让我至今坚信自己没有长大。"

微漪考进了西北中学，那是哥哥的母校。提起哥哥，微漪忍俊不禁。哥哥叫世敏，是个忠厚老实的孩子，年长微漪十岁。成长中，有手足相伴的感觉是幸福的。

她的名字是哥哥给起的，小时候的牛奶也是哥哥去给她拿的。虽然兄妹玩耍难免有争执，但大多数时候，哥哥都会让着这个倔强好胜的妹妹。

下象棋，兄妹俩争红黑方。妹妹想选红棋，因为她喜欢红色；哥哥也想执红棋，因为觉得“帅”很符合他的气质。结果还没开局，战事就陷入胶着状态。外婆很干脆地断了公道：“妹妹漂亮，所以‘帅’是给哥哥的；妹妹选‘将’，因为你就是‘犟’。”外婆貌似是在夸她呢！行，听外婆的。

棋盘上战火纷飞，下到尾声，哥哥终于忍不住抗议了：“不行不行，你这老将被吃掉了就不能再下了。”

微漪嘟着嘴，负隅顽抗：“怎么不行，外婆说过，哪怕只剩一兵一卒，也要血战到底！”

这话没毛病，听起来还挺励志。结果哥哥的“帅”被妹妹冲杀过去的“士”给干掉了。

哥哥想不通：“这也行？”

外婆呵呵一笑：“我一开始就跟你说了，她犟。”

到了学校她才见识到哥哥的魅力。原来哥哥曾是学校里的风云人物、体育全才，各种比赛从没输过，拿奖牌拿到手软。学校的校园风貌宣传栏里有好多年一直贴着哥哥的照片哪！用高年级女生的话说，哥哥是个帅得招揍的男生。背越式跳高、排球扣杀、篮球灌篮，他哪一项都能引得女生们阵阵喝彩。尽管毕业好些年了，学校仍不乏哥哥的传说。

颜值和实力均“在线”的哥哥，在年幼的妹妹面前，却经常吃哑巴亏。

小学时回雅安过暑假，微漪喜欢一边吹着电风扇，一边和风扇说话唱歌，因为对着风扇说话，声音会滑稽地颤抖。微漪一边吃着花生和胡豆，一边把胡豆往扇叶上扔着玩。

小时候，哥哥常带微漪去动物园，告诉她北极熊白毛下的皮肤是黑色的

结果一颗胡豆打到扇叶上又被反弹回来，刚好弹射到微漪的脸上。被胡豆打疼的小姑娘顿时火冒三丈，一剪子就把电源线剪了。解气后，她蹦蹦跳跳出门玩了。

她前脚刚走，哥哥就放学进来。一身汗的小伙子按了几次开关但风扇都不转，低头一看，满脸疑惑。他正拿着断线和剪刀发愣，爸妈进门正好看见，他有理说不清。

哥哥是妹妹的“背锅侠”。

但是，凡事都有个反转，按微漪的话说，是“老实人作起妖来更可恨”。

一次微漪写作业时，边做边玩铅笔，把橡皮头铅笔插到鼻子里晃悠。结果铅笔的橡皮头松脱，吸进鼻孔里出不来了。

爸妈不在家，身边只有哥哥，他正有点幸灾乐祸地盯着她。先说点好话吧！

哥哥拉着妹妹来到学校的医务室，卫生员是个年轻的实习生，长得挺帅。哥哥跟他耳语了几句，卫生员坐下对微漪说：“小朋友，你这个鼻子堵住了，得割掉才行，不然喘不上气，会死翘翘的。”妹妹听罢大哭：“我不要割鼻子。哥哥救我！”

哥哥略一沉吟，说：“你保证以后听哥哥的话，哥哥就救你，你写个保证书。”

微漪拉起哥哥飞奔回家，找出纸笔，唰唰唰一气呵成。

拿到保证书的哥哥转身找了个鸡毛掸子，拔下一根鸡毛，扫了扫妹妹的鼻子，妹妹一个喷嚏，橡皮头被喷出来了。

微漪接过鸡毛发呆，任由哥哥拿走了那张墨渍未干的“保证书”。

轻敌了！小微漪很为这次的“上当”恼火了一阵子，爸爸老说哥哥憨厚，原来老实人作起妖来更可恨！

还有更过分的一次，简直就是“奇耻大辱”。

微漪具备A型血的一切特征，其中一条就是爱攒钱。她的零花钱，都攒在存钱罐里。哥哥逗微漪：“妹妹，给哥哥花吧！”微漪不干。哥哥进一步诱导：“你不是喜欢大海吗？哥哥给你买小贝壳回来。”

这句话确实有吸引力，自从外婆给微漪讲过《小美人鱼》的故事以后，微漪就一直神往大海，却从来没见过跟海沾边的东西。

哥哥果然守信用，没过几天，就拿回一包外黄内绿的小贝壳，神秘地塞在她怀里：“藏起来玩，别给外人看见。”微漪如获至宝，私藏起来，每次玩都极具仪式感。

直到很久以后，微漪看到了一种叫作“开心果”的零食。

玩了两年的果壳，她哭了：“哥哥是个大骗子！”

他笑了：“妹妹是我的开心果。”

哥哥考上郑州航空工业管理学院后，父母把更多精力放在闺女身上了。微漪上中学时，爸妈已双双从名山调回成都。

西北中学是个回民学校，微漪的同班同学很多是回民小学校友或者是发小儿，自成一个朋友圈。她是外来的选校生，所以她一进校门就有一种生疏感，性子刚、自尊心强，能交到的朋友自然不多。

上学月余，微漪只和同桌的男生略熟了些，因为他俩都是排球队的。男孩姓马，人称“小马哥”，是男排队长。微漪是女排队长。他俩都是大高个儿，自然都被安排在教室的最后一排，成了同桌。小马哥的文具书本经常占了大半张桌子。微漪就画了条“三八线”，声明：“凡是过线的都是我的！”小马哥就厚着脸皮坐到了她的桌子上。

体育老师听说微漪是体育健将世敏的妹妹，对她多有关照。田径也是她的强项，每次比赛老师都挑中她，跑跳投、打排球、踢高毽她样样精通。和哥哥一样，她一次次捧奖凯旋。

运动耗费了她大量体力，上课时她难免成为“特困生”。不过她很少因为上课睡觉而被老师点名批评，因为有小马哥垫底，他是“觉皇”，还打呼噜。微漪睡觉至少是“无公害”的。到了初二，微漪的学习成绩漂到中游了，她喜欢上语文课，尤其是古文，还喜欢物理和生物。分数嘛，有点像过山车，让爸妈时不时大喜或大悲一下。

到考试的时候，微漪就拿胳膊肘碰小马哥，指着题目悄声问：“那节课你听了没？丁玲的代表作是什么？”

“好像是《太阳照着三个和尚》（《太阳照在桑干河上》）。”

于是微漪照写了。后来，他俩站在办公室听老师训话，全办公室的老师都在笑：“你还听他的，他都在梦游呢！”

正好进入青春期，十二岁的微漪还添了一项新爱好——跳舞，她的画艺也在不断进步。

当时学校有早晚自习，每天晚上八点多放学，因为遭遇过一次偷车贼，微漪把车棚里有黑影的事告诉了小马哥，仗义的小马哥就天天下晚自习后骑车绕道把微漪送回家。这下可拉响了妈妈脑袋里那早恋的“警报”。

一百个不放心的妈妈热血上头，偷看了闺女的日记。日记里面不光有金庸、古龙、琼瑶、三毛，这娃还自己试着写。得，这下铁定早恋了！

被再三追问的少女突然叛逆起来：“我有了委屈，是同学在保护我，你们不关心我的安全还瞎猜？你和爸爸青梅竹马，外婆说你们早恋了吗？你们又好好学习了吗？”

强势将军！妈妈语塞，陷入沉思中。

爸爸干咳一声帮妈妈解围："你妈妈是班长，学习一点没耽误；你爸是学生会宣传部部长，是老师让我们加强沟通共同进步的。更何况，我也没写出过'三个和尚'之类的答案啊！"

居然被反将成功，爸爸怎么就不懂得"观棋不语"的道理呢？两个"女人"都心情复杂地瞪了他一眼，草草收兵。

一根筋的微漪贴着"王八不吃秤砣，智者不入爱河"的座右铭，心无旁骛地完成了学业。不过呢，二十多年后残酷的现实再一次证明，但凡读书时候为孩子早恋而烦恼的家长，待孩子成年后，大多都为孩子不找对象而苦恼。

好好学习就好好学习，考个满分给爹妈看。但是，有没有捷径呢？

贼精的小妮子发现了英语老师的一个秘密——英语试卷都是选择题，用2B铅笔把正确答案下方的圆圈涂黑就行。英语老师拿一张干净试卷，用烟头把正确选项逐个烫出洞，然后把标准答卷罩在学生交上来的答卷上，数数多少个"漏洞"，就开始打分。

窥见这个秘密的微漪把自己答卷上的每个答案选项都涂黑，得了满分！

如此"作案"几次，居然没被发现，而且因为"进步神速"，英语老师当众表扬她，让她做英语课代表，还让她每天领早读。早读就不好作假了，她只好认真练习朗读，以免上台露怯。成绩倒是真的越来越好了。

到快毕业时，老师们的题海战术来了。代数公式、化学元素周期表、几何三角快把学生逼疯了。有时候熬到夜里十二点，人困得不行，作业还完不成，妈妈担心孩子的身体就催促她去睡觉。

有一晚，微漪半夜醒了，发现忙了一天的妈妈把台灯压得很低很低，她怕光太亮影响丈夫和女儿休息。妈妈端坐于微光下，在草稿纸上替女儿解题。悄悄看了妈妈一会儿，微漪又朦朦胧胧睡着了。

第二天清晨，她醒得特别早，把妈妈写出的答案誊抄在作业本上。一大滴眼泪摔在作业题上，洇开了一小块字迹。

到今天，微漪依然记得那盏橘色小灯下母亲单薄的背影，那背影美得让人心疼。一代代母亲都有那样的背影。

微漪说，从那天起，自己和妈妈就算有了过命的交情，她总忘不了当她在知识的海洋里溺水的时候，是老妈把她顶上岸的。不过二十年前的题海轰炸让她至今心有余悸，每每说起依然愤愤不平，觉得教材脱离生活实际，自己被灌输了不少一辈子都用不上的知识。

“比如一边排水一边注水，问多久能把水池灌满的问题，难道生活中会有这种傻子吗？”

“不要轻易去否定，类似的傻子还是有的。”老妈拍拍她的肩说，“一边充电一边玩手机，问你几时能充满？”姜还是老的辣。

爸爸的风格不一样。

有一次又是功课没写完，作业多到连妈妈帮忙都做不完了。微漪被老师叫到办公室一通猛批。微漪瞄着离高考天数倒计时的标语一声不吭，老师认为她消极对待，越说越来气，最后直接一句：“请家长，让你爸爸来一趟。”

微漪觉得天简直要塌下来了，心一慌眼泪啪嗒啪嗒掉，脑中临时闪现出一个理由：“老师，我病了，所以没完成。”老师扫了她一眼：“你壮得跟牛犊似的，还能病？”还是坚持请家长。

偌大的教研室，老师们一个个揉着黑眼圈，一脸倦容，手头唰唰唰批改着作业，谁也没注意这个面颊绯红、惊慌失措的少女。

爸爸进来后，看了闺女一眼，然后回身跟老师客气地解释：“女儿这几天确实不太舒服，是我们让她早点休息的。都不容易，老师也辛苦了。”

老师叹了口气，和爸爸握握手，又谈了一会儿，放学铃响起。

微漪和爸爸一起往校外走，爸爸推着自行车，微漪低着头在后面跟着，喉咙里像堵着什么。

“抬头挺胸！”爸爸拍了拍后座，“上！”

微漪坐上后座，用胳膊环住爸爸的腰。路上，一阵风吹过，孩子脸上的泪落下来，她把脸贴在爸爸的背上，哽咽着说出一句：

“爸，谢谢你……”

爸爸左手扶着车把，腾出右手，反手拍了下女儿的背，嘿嘿笑着：“想不想坐前杠？”

破涕为笑的女孩嘴角扬了起来：“爸，我已经长大了，坐不下了。”

“是呀，长大了。”

“爸，如果我怎么努力也考不上好学校怎么办？”

“只要我的女儿健康快乐就好……”

成长路上，爸爸载着她前行。

从那以后，微漪人生中的每一件事，她都会告诉爸爸，哪怕是不太好的事。爸爸呢，也从不否定她，他会说：“如果是我的话，我会这么处理。选那一条路，你可能会遇到很多不容易，但如果你非要坚持，也不妨一试，爸妈永远支持你。”

从一开始，爸爸就知道，如果以画画为生，微漪就是在爬一座金字塔，只有万里挑一的人才有机会站到塔顶。但既然女儿执意于此，他们就无条件支持。没有什么比做热爱的事情更有心甘情愿的动力。

微漪如愿以偿地考上了大学，外语专业。

数月后，班级拍毕业照时，英语老师正好坐在微漪前面，老师的头发散发出淡淡的烟味。微漪注意到他袖口上被烟头烫出的一个小洞，突然想跟他说一个埋在她心里两年的秘密。

微漪悄悄附在他耳边："老师，我想向你坦白一件事……"

"嘘，我知道。"他诡谲一笑，"我就想看你好不好意思。"

微漪笑了，她遇到了好老师。

这就是李微漪古灵精怪、幺蛾子不断的成长过程，这是有外婆、爸妈、哥哥、老师们一路呵护和纠偏的过程，是不断试错但始终得到理解和尊重的过程。他们的教育中西合璧，他们循循善诱、仁爱宽容，接受她的不完美，引导但不主宰她的命运，允许她自主选择，但也以切身的经验给予建议。

她的父母可以接受她人生的跌宕起伏，可以接受学英语专业的女儿在大学毕业后到小学、少年宫、老年大学当美术老师，允许她以爱好为职业，允许她广散钱财对动物施救，允许她放飞内心，暂停工作去充电。

当生活困顿或心情灰暗时，家人就是她的阳光、氧气和港湾。获得过这样的家庭教育，发生在李微漪身上的一切奇迹，就都可以找到解释。她小时候就会去验证乌鸦到底能不能喝到瓶子里的水，爸爸对她后来在狼山为了验证"狼烟"攒狼粪烧狼烟，一点也不感到吃惊。她就是一个对世界很好奇、浑身是胆的特殊果子，从小就淘出天际。

东家

第四章

Chapter 4

妈妈最终还是接受了我收养的那些兔子、猫、狗，甚至狼，不是因为我多有道理，而是她爱我更多一些。

我妈妈是不喜欢动物的（鱼除外），她怕狗，怕猫，怕老鼠……反正这么说吧，凡是带毛的，她都怕。一看见毛茸茸的动物，她就会惊叫着跳起来，反应极大。我曾私下里问过我爸："妈妈小时候是不是被狗咬过，或者有什么心理阴影啊？"回答是没有，她就是天生不喜欢动物。可是我从小就喜欢动物，那些流浪动物还都爱跟我跑。我就悄悄带回家，收容它们。救一只狗不会改变世界，但狗狗的世界却会从此改变。

小丫头十来岁就老为收养流浪狗的事反抗老妈的说服教育。

妈："狗太吵了，还乱拉屎。"

我："人不比狗吵吗？我会教它上厕所的。"

妈："动物都带细菌，还有虱子、跳蚤什么的。万一还有狂犬病……"

我："勤洗澡啊，打疫苗啊。"

妈："它们还掉毛！"

我："人也掉毛啊，爸爸头发剩得都不多了。"

…………

话一出口，我就知道要被修理了。后来我明白了做小孩的道理——不要跟父母吵，因为吵输了会挨骂，吵赢了会挨打。我们这个家庭是很民主的，我是民，他们是主。我给爸妈起了个尊绰——“东家”。

东家不爱猫狗，却要养鱼，妈妈坐在鱼缸前看鱼游来游去，能呆呆地看上半天，一条一条地数，嘴里还嘟囔着：“真好，真漂亮……”不过她确实不了解鱼，要么不会换水，要么鱼食喂多了，最后她总结的养鱼经验是：一周换一次水，或者两周换一次鱼。

2007年左右，我们一家三口搬到了桐梓林。那套房子是六跃七跃八的三层结构，六层是客厅、厨房和我的书房、卧室等，七层是父母的主卧、休闲厅和八十平米左右的大露台花园，八层是九十平米左右的屋顶花园，就是后来格林住过的房子。我就在七楼露台的那一层给东家修了一个大鱼池，种上睡莲，修个小桥。鱼池里养了些生命力很强、不需要太多照顾就能活的草金或鲫鱼。

那些鲫鱼的祖辈是朋友从野外鱼塘里钓上来的，朋友送了我很多，我一时吃不完，就把它们扔在池子里，也没去管。结果那些鲫鱼一代代繁殖，每年春天都有星星点点的小鱼苗在水面咂泡泡，到初夏能发现长成的大鱼浮出水面游得很缓慢，似乎是产卵后筋疲力尽了。于是我就把它们捞来煮藿香鲫鱼。那个水池的水就不用换了，鱼在露天的环境反而生机勃勃，池子里还长出了睡莲、羊齿蕨、沙虫、泥鳅、青蛙什么的，成了一条小生态链，而一只巴西龟就成了这条生态链的CEO，拥有汰劣留良的大权。

那只巴西龟是东家的孙女买来养的，刚拿回家时只有月饼大小，养在小鱼缸里。老妈疼孙女，也就爱屋及乌，把小龟当儿子养，每次喂龟粮的时候听她呼唤“龟儿子”我就觉得很别扭，她却越叫越顺口。后来大概是小龟嫌鱼缸小，就爬出鱼缸跳进了水池。一年后，小龟长到巴掌大了，不知道它是不是嫌水池也没有发展前景，又爬出来打算“移民”，来了一趟说走就走的旅行，结果它爬出了阳台边界，从七楼掉了下去，被二楼的邻居在他们的阳台上捡到了，“失龟招领”遣返回家。

从那么高的地方摔下去，我原以为它会摔成翻盖或者滑盖。幸运的是它应该是掉到二楼邻居家的花盆里了，除了龟壳边缘裂了一点点之外，居然安然无恙，真是命大。但从此这个“龟儿子”再也不敢乱跑了，生怕一不小心又放飞了自我。我们经常看见它在水池里抓鱼吃，到冬天就龟缩起来，直到开春了才又爬出来晒太阳。

说到乌龟，格林小时候逮过一只拳头大的乌龟回家，在沙发底下啃得咯吱响。但他啃了两天，小乳牙终究没有咬破龟壳。那龟还瞅机会伸脑袋出来叼住小格林的嫩舌头，缩进龟壳死活不松口。格林痛得摇脑壳，“舌尖上的乌龟”就像溜溜球一样被甩来晃去，还时不时地砸到狼鼻子上，以至于后来格林看见乌龟就捂嘴，但又不解恨，就把龟当足球踢。再后来我悄悄把龟放掉了，格林还满屋寻

衅呢!

坚决不养带毛的动物一直是东家的火力防线。但就算是我不去收养，照样有动物会找上门来。特别是家里那个大鱼池就是个超级诱食盆。白鹭、珠颈斑鸠、翠鸟、蚊翻，还有邻家猫，都是光顾的常客。

我们楼顶的阳台花园与隔壁几家都是连通的，围着阳台一圈都是种着植物的花坛，只有一道栅栏把相邻的两家分隔开。不知道哪家的猫经常三三两两悄悄钻到我家露台来溜达，蹲在鱼池边捞鱼，谈恋爱的时候还在大半夜里撕心裂肺地叫唤，吵得妈妈睡不着。

妈妈就怂恿我：“去，你去把猫轰走。”

我才不去呢。猫，大神也，我是不敢惹的，它们动作太灵敏，脾气太难琢磨，我从小就认定猫是一种神秘而彪悍的生物。我小时候就亲眼看见过一只黑猫，骑着摩托车，举起一把手枪，把一只老鼠的耳朵给打掉了。从那时候起，猫在我幼小心灵中的威猛形象就开挂了。

一天早上，老妈正在露台刷牙的时候，有只黑猫又摸过来了，鬼鬼祟祟地在花丛阴影处盯着老妈。老妈吓得尖叫起来，拿起漱口杯泼水赶猫，没想到杯子里的假牙一并被泼了出去。黑猫一看吓坏了，不知道这算独门暗器呢还是算飞吻，总之“来牙不善”。

“喵呜”一声，猫跑了，老太太满地找牙。我和爸爸闻声赶来，花坛地上摸了个遍，死活没找到假牙。这假牙要配起来，贵且不说，没一两个月时间是搞不定的。

老太太饭也吃不香，话也说不利索，张嘴就漏风。

几天后，又是二楼那家中国好邻居“拾牙不昧”给送了上来，说是他们清早摘葡萄的时候，发现这牙咬在他们的葡萄架上。

“赣淑（妈妈的小名），猫有什么可怕的嘛，至于反应那么激烈吗？”爸爸叮嘱妈妈，“看到动物，平静对待，不喜欢互不搭理就是了，这次的教训你记住了吗？”妈妈洗着假牙，说：“没齿难忘！”

妈妈就是这么怕动物的一个人，而狐狸（博美犬）是2003年左右到我家的，可以想象妈妈是用了多大的勇气才能保持淡定，与狐狸和平共处。不过狐狸也很听话，讨喜，爱干净。相处几年后，妈妈还是一口一个“乖孙儿”，很宠爱这个小家伙。我一度以为，妈妈只要多了解多接触，就会改变观念发现动物原来这么好，继而像我一样爱上动物。但不是的，她在外面看见狗仍然是害怕、避让的，她只是喜爱和维护我养着的狗儿。

现在年纪更大了，我终于明白，妈妈最终接受了我收养的那些兔子、猫、狗，甚至狼，不是因为我多有道理，而是她爱我更多一些。

2020年，若尔盖狼生态保护监测站成立以后，我从草原回到家，父母已年近八旬。我带着他们回了一趟江西——妈妈的出生地，她说她想寻找一些儿时回忆。

返蓉后不久的一天，我正和闺密雪儿在外面一边烤串一边喝酒叙旧。到夜晚十点半，爸爸突然给我打来电话，声音沉重而焦急：“你快回来，妈妈突然情况很不好……她……已经在说胡话了。”爸爸的声音沙哑起来，我脑袋顿时嗡嗡一片，浑身酒意直冲头顶。

“家里出事了！”我边打急救中心的电话，边跑到街边拦车。都是这个年龄的人了，雪儿秒懂，立刻打电话给他先生老毛。好在老毛就在附近，赶忙开车接上我俩，直奔我家。

十分钟后，我们和救护车同时赶到家。妈妈还在迷迷糊糊地念叨：“你们来这么多人做什么，我累了，要睡一会儿。”我急得把妈妈从床上挖出来，扛在老毛背上，抬上了救护车。救护车一路鸣笛，火速将妈妈送往抢救室。

幸而医院很近，及时送到。

凌晨三点，妈妈从抢救室被送进住院病房。她还活着，身上绑着的各种仪器嘀嘀作响。此时我心神略定。疫情特殊时期，住院只能留一个陪护。我坚持让爸爸回去，整理些换洗衣物让雪儿带过来。

“照顾好你妈。”爸爸红着眼睛欲言又止，无助得像个小孩。他向前走，却不断回头，仿佛在用脚步丈量离开爱人的距离……终于消失在暗夜里。

我在病床前守着她，看着液体一滴一滴地漏着。不敢相信眼前这个没有一丝活力的老太太，就是平日里絮絮叨叨无事不操心的妈妈。

当夜，医生把我叫到办公室，递给我一张“病重通知书”。

我迟疑道：“为什么不是病危通知书呢？”

医生一抬头：“你要换一张吗？”

“不不不，这挺好，已经够吓人了。”

“陪护人员要检测核酸！”医生开了检查单又给我交代了一会儿病情，说如果二十四小时内没事，才算度过危险期。

我拿着检查单惴惴不安地回到病房，刚进病房就发觉不对劲。太安静了，那嘀嘀声响呢？一看仪器，血压没了，呼吸停了，心跳成了一根直线。妈妈面色苍白，张着嘴，仰躺在病床上，毫无生气。

我瞬间听到了自己心碎的声音，身体飘浮太空，仿佛整个世界都垮塌了。我哑着嗓子颤声喊道：“妈……”

“干啥？”妈妈睁开半只眼睛看着我，有点虚弱，还是活的。

我长吁一口气，收拾散落一地的魂魄，又悲又喜又惊疑：“这些仪器怎么搞的？”

“我嫌累赘，就拔了，”她微微转头看着刚赶来的护士，“我在哪儿啊？”

“我们在医院，”我掖着她的被角，像照顾一个婴儿，把刚要奔涌出来的泪水硬生生憋了回去，克制着颤音轻声说，“妈，医生说是脑梗，晚来十分钟都危险了。你要乖，再不许拔仪器了啊，会吓死人的。”

“我给你爸爸打了个电话，不然他睡不好。”妈妈声若蚊蚋，苍白着脸突然冲我一笑，“你还是一个人，我如果走了，谁来心疼你啊？……”

母亲昏昏沉沉又睡了过去，这下我再不敢离开片刻了。

五六天后，妈妈好转了许多。爸爸抑制不住思念，想看老伴儿一眼。但住院部是封闭管理，他进不来，只得在家坐卧不安。妈妈也出不去，他们只能在视频里互相看看，小声说几句话，生怕影响病友休息。为了能让他们见一面，我已经争取好多天了，可无论用

多么凄婉的理由都说不通。

这天一早，我端着尿杯像敬酒一样走向护士站，眼瞅着只有一个护士值班，便私下里给她做工作，想让老两口见上一面。但好说歹说，护士始终坚持原则："特殊时期，就是不行！"

我只好转身。刚要离开，护士突然叫住了我。我心里一喜：还有转机？哪知道护士指了指标本盘说：“尿杯放这儿。”

我心彻底凉了。

好在看守楼道门的小护士同情我们，把我叫到一边，悄悄支了个招：“中午送饭的十来分钟，门会打开，爷爷奶奶可以在楼道门口见上一面。”我双手合十，万分感激。

如同牛郎织女的会面，那天中午我举着输液瓶，把虚弱的妈妈扶到楼道门口。爸爸一脸憔悴，眼窝深陷，刚看了妈妈一眼就背过身去狠狠抹着眼泪。

爸爸带来了他做的便当，一家人一块儿吃了几十年的饭了，可是这一次艰难的聚餐让我们永远难忘。

爸爸眼里潮潮的，还故作轻松跟我打趣：“你知道你妈住院那天给我打电话说了啥吗？害我好几天睡不着觉。她说：‘没什么事，我就先挂了！’”

我掩面扑哧一笑，吸吸鼻子，心里却涌出阵阵酸楚。爸爸哽咽着说：“赣淑，你以后不许先挂，要挂我们一起……我要一直陪着你。”

这几十年里他们的互相牵挂从未停止。人生太短暂，有时候离别就在旦夕之间，所以在我们还彼此拥有时，要好好珍惜。

又是一周后，妈妈气色好转，话也多起来，开始给护士们提合理化的建议了，护士们还挺耐心地听她讲。例如微波炉用胶带贴起来了，病人热饭不方便；又比如医院卫生间的自动冲水系统不够人性化，有的病人大便常规采样，“千呼万唤始出来”，蓦然回首，被没收了；还比如……再这么建议下去，估计医院得整改了。

我和老爸一致认为，从这表现来看老妈确实已经康复了。

出院的时候，哥哥来接我们，一家人的手握得很紧。有人说：父母是挡在儿女身前的一面墙，让我们看不见生死。父母在，人生尚有来处；父母去，生命只剩归途。感谢老天把妈妈还给了我，感谢父母都在身边！

第五章

Chapter 5

天干饿不死手艺人

八小时以内，教书，累心；八小时以外，救助小动物、画画，累钱。但外婆说过：『女孩子要像高山一样坚强。』

微漪十一岁时，爸爸给她写过一段话："女儿，如果爸爸是稻草人，你就是我守护的麦田，在大风把我刮倒之前，希望你已经成熟。"每当看到弱小的生命，她脑海里就会响起爸爸的话，她也要做一个稻草人。

二十岁时微漪成了一名教师，还有了自己的小房子。终于可以随心所欲地养宠物了，她的毛孩子是一只斑点狗，她管这个拆家能手叫点点。养了四年多，点点很懂事，但微漪每天上班后，小狗就是无尽地等待，对它太煎熬了。

听从父母的建议，她把点点送往乡下亲戚家寄养。遗憾的是，没多久点点抑郁而终。据亲戚说，在她离开后，点点常常跑去村口望，有一次甚至试图游过河去找微漪，但是没有了力气，被人救回，最终因思念旧主病死了。

爸爸妈妈为此很内疚，点点成了微漪心里的一个隐痛。她说："我是它的全世界，它再苦，也觉得我是它的一切，可是我的一个选择却断送了它！永远不要把自己的责任推给别人以求心安，那可能会换来一辈子的负罪感。"

那几年，看到街上的流浪猫狗她就会想起点点，于是她义无反顾地去救助，带它们去宠物医院治伤，然后再四处寻找领养人。给小动物看病动辄几百上千元，她只能发挥画画的本领去贴补这些巨大的开销。

她给出版社画插图和连环画，把自己的画拿去拍卖，成交的可以拍到四百到六百块钱。除了卖画，她还教儿童弹钢琴。若不是有几技傍身，她根本救不了那几十条小生命。

外婆曾说过：“天干饿不死手艺人。”确实如此。

外婆不但保护了微漪的天真，她还传承了另一样珍贵的品格给微漪，那就是坚毅。

外公离世前，只来得及对外婆嘱咐了一句："带好孩子。"三十多岁的外婆从那一天起，独力撑起一个家，养活四个子女，个中艰辛从未与他人道一句。

晚年时，外婆常拄着一根细拐杖在傍晚时分散步，行至街角处，在音像店门前必停下，静听几支曲子，然后告诉小外孙女哪段是《天鹅湖》，哪段是《春之声圆舞曲》。书店和音像店成了微漪长大后最爱光顾的地方。

外婆用咖啡时，定要坐在高桌上。她总是随身携一块手帕，擦嘴时，把帕巾一展用食指顶住一角，然后轻沾唇边。当时微漪觉得外婆的样子跟大家都不一样，特别迷人。

刚从雅安来成都和舅舅一家合住时，微漪免不了和表弟有一些小摩擦，外婆一左一右揽住两个宝贝，先对弟弟说："男孩应该像保护花朵一样保护女孩。"然后又对微漪说："女孩子要像高山一样坚强。"后来微漪看到"优雅地老去"这句话，总会特别思念外婆。

不光救助小动物"烧钱"，其实画画更"烧钱"。国画、油画她都钻研，清凉油一般大小的矿物质颜料要三四十块，一盒专业彩铅要三千多块，好的宣纸贵，好的毛笔贵，裱画还是贵，几百块一本的外版画册她咬牙一册册请回家。她说："学画的成本堪比摄影，都是（把钱）用光的艺术。"得意之作根本留不下来，她只能不停变卖，"以画养画"。

画画这门手艺，点染和丰富了微漪的青少年时代，也让她终于有能力去救助那些小动物，她如愿成了守护那些小生命的稻草人。

"既然你遇到我了，就靠在我身上吧。"

虽然不当教师好多年，但看得出，微漪和她的爸爸妈妈都是非常珍惜荣誉的人。家里成摞的奖状是她带领学生参加各项比赛时获得的。在一次市级科技竞赛中，前十名获奖者中有九个是她的学生。

十年教师生涯，她教美术和体育，还带过兴趣班，一天要上六到八节课。教美术的时候，她自己编教材，教孩子们做掐丝珐琅、画沙画、用废料做装饰画，好多创意新颖的作品都被《科幻世界》连载了。后来在快手、抖音和哔哩哔哩几大网站上，她经常刷到自己学生的作品。

校长和别的同事暗示她"超出大纲"了，但年轻的微漪只是笑了笑，她认为对的就绝对一条路走到底。没过几天她又带着学生做建模去了，用几根铁丝塑形、蘸胶、裹草粉、染色，半小时工夫一棵小树就做成了。她让学生自己设计玩具，跟玩具厂沟通给孩子们单开一套模具。

为了一包在市场上买不到的黏土，微漪搜肠刮肚想办法，从福建买泥粉，然后掺上棉花和盐，黏土就混合成功了。这费钱费时的准备体现到教案上，只寥寥十个字：准备材料，和好黏土，塑形。后来为了省钱，再需要黏土时她就去郊外的工地挖，然后一袋袋背回来。怕土里的玻璃、铁钉伤着学生的手，她就自己一点点清理，而这往往要花一夜的工夫。

那一年，全校四百多个学生中有两百多人报了她的课外班。

她当辅导老师时被指超大纲，教美术时也一样。教学生画蝴蝶，她会先给他们拓展一些生物知识，比如说蝴蝶的种类和分布，蝴蝶如何迁徙、如何求偶。她教学生画蜻蜓时还会告诉学生

怎样区分蜻、蜓和豆娘。有的孩子提议去昆虫博物馆，有的买来《蝴蝶图鉴》一定要弄清楚蛇头蛾长什么样，孩子们觉得上这样的课太带劲了。

校长不冷不热来了一句：“怎么动物和植物一到你这儿就都成精了呢？学这些没用，下节课让给数学。”微漪觉得越教越吃力，一种不被认可和不被尊重的感觉让人心生倦意。但看着孩子们渴望的小眼神，她就压低声音讲他们喜欢的，教室外面一有动静就马上切换话题。但这种“捉迷藏”被校长发现了她还是会被处罚。

一堂美术观摩课终结了她心里的纠结。

上课时，她用事先做好的教学软件，先用十分钟给学生们普及了一些鸟类知识，展示了色彩、形态各异的鸟儿图片，然后让学生们发挥想象，通过画画或者做手工来表现一只鸟。学生们脑洞大开，带来的雪碧瓶子、泡沫、彩纸和IC卡等材料全都派上了用场。课堂上，每个孩子都完成了一只小鸟，有用纸折的火烈鸟，有用泡沫雕刻的白鸽，有用橡皮泥捏的翠鸟，有用雪碧瓶子拼剪的极乐鸟，有用各种珠饰点缀的凤凰，而微漪自己则做了一棵大树和一只金雕——IC卡做鸟喙，铜丝做骨架，铝箔烟纸做一层层羽毛，很精致。

她鼓励学生们让自己做的小鸟“飞”到树上，《鸟与梦飞翔》的音乐响起，像木偶戏一样，每个孩子都叽叽喳喳为自己手里的小

鸟配着音，小鸟似振翅欲飞，投影屏上呈现出一个盛大的鸟类迁徙画面。就在孩子们为小鸟高飞于蓝天而欢呼时，突然影片中一声枪响，大雁应声跌落，猎人来了，孩子们本能地护着自己的小鸟，纷纷躲回座位。再抬头看着影片中鸟儿们被猎捕的遭遇，有的孩子甚至难过地哭了。

微漪老师用一句话结束了这堂课："美丽的鸟儿属于天空，我们爱它们，更要保护它们。”后来很多孩子在作文中写到了那难忘的一课，写到了他们对动物的深情。

那堂美术观摩课，教室里挤满了人，家长们也在，大家都很感动。但后来学校给出的评定是：“这不是美术教材的内容，书上只要求临摹一只鸟，超纲，跑题，成生物课了。”

“美术是对美的理解和对艺术的创作，一切都来源于生活，如果没有对自然的热爱，何来创作的激情？”看微漪还在坚持自己的理念，新来的校长反诘一句：“你想一个人掀起一场改革吗？一切都要为了主科和考试服务！”

留下了学生们的画册和几件精美的作品，在孩子们的哭声中，微漪最后抱抱他们，辞别而去。教书十年，她对得起那一双双求知若渴的眼睛。

从此，微漪专心致志当起了野生动物画家。晴空净如拭的若尔盖草原，旷达着她的眼睛和心灵，果然秀色始天然，人世乃清安。从此鸥飞渺渺不知倦，翠岚融冶苍穹间。

遇见亦风

第六章
Chapter 6

当一只狼把她当作全世界，她的世界也为之改变了。

微漪和亦风是在一个动物保护群里认识的。微漪在马路上救小狗的视频被广泛传播后，亚洲动物保护基金邀请她参加流浪狗认养的公益活动，她欣然应允，但提出想参观他们的黑熊保护中心。因为那个地方是封闭式管理，外人没有预约去不了。

当年他们还是住在同一小区的邻居，亦风不知从哪里知道了消息，他联系微漪问能不能同往。此前两人并无太多交集，但此刻微漪也不好意思回绝，想到大家都有一颗关爱动物的心，何况“黑熊住得挺远，我蹭他的车，他蹭我的路，也挺好”，微漪答应了。

没想到一路上，聊起动物，气氛马上活跃了起来。忽然，一辆并道的卡车剐蹭了亦风的车，微漪有些紧张，她怕亦风心疼爱车，觉得很过意不去。亦风冷静地向后倒了一下，都没下车看一眼，继续向前开。

到达后，微漪忙说：“真是不好意思，你要不要先查验一下车？”亦风甩了一下头发，拉了微漪一把，示意她抓紧时间走，说看黑熊才是正经事。

微漪那时觉得这个男人挺大度的。

和自己一样，亦风是真心喜欢动物，这让微漪对他有了些好感。从黑熊保护中心出来，顺着旁边的小河散步，一只小狗迎面跑来，先扑向微漪又扑向亦风。微漪觉得能吸引小动物的人都有一颗柔软的心。

后来，两人的对话多了起来，那时候还没有微信，都是用QQ。亦风的问候很长，微漪忙于画画，回复通常较短，而且他有点犯了她的忌讳，因为在QQ上，他老是用红色字体，包括写她的名字都是赤红，并且无论说什么，末尾都是用惊叹号。到最后，微漪的回复越来越疏远："嗯""知道了""谢谢""客气了"……见满腔热情总是扑空，亦风以退为进写了一封长邮件，最后伤感地写道："我不知道问题出在哪里！该说的我都说了！你把我删掉吧！"

看来这是个"直男"，可能他真不懂，微漪也就坦言道："你不要用红字，特别是写别人名字的时候。也别老用惊叹号，好像在命令谁，平静说话可以吗？"亦风速回一行字："明天我带你去马湖吧。"这句话改换成了湖蓝色。

第二天，亦风开车接微漪去马湖散步，因为他们都不喜欢城市的喧闹。微漪带上了爱犬"狐狸"，狐狸那时候还是只小狗，一知道要出去，兴奋得跳上车，抱着亦风的脑袋就玩儿命地亲。

一路上，有音乐，有话题，有远方……

两人因为共同的爱好慢慢靠拢，微漪喜欢海，亦风悄悄搜集了她各个时期的照片，为她制作了一段小影片《海边微漪》。微漪父母结婚四十年纪念日，亦风为二老制作了一段名为《好人一生平安》的纪念DV。爸妈高兴，女儿更高兴。微漪喜欢画画，亦风就洗笔调色，偶尔也拿起笔在不太重要的地方画上几下。微漪看亦风也是有功底的，就问他："你也喜欢画吗？"

亦风答："我喜欢你喜欢画的样子。"

亦风当时已是一位小有名气的视频制作人，微漪偶尔给他指点一下。两个人待在一起时，一个做视频，一个作画。微漪觉得这样的日子是有营养的。亦风呢，也喜欢微漪的青春和调皮。

再后来，他们一起抚养格林，一起学习与狼有关的知识，一起看落日，也一起挨饿，一起面对盗猎者，一起面对生命中的相聚与别离。并肩站在若尔盖的小屋前，任雪花飞落，他们用双手拢住嘴，学着狼嗥为小格林呼唤狼群。

这对灵魂知己，像是草原上的一对侠客，搭救了另一个武林门派的遗孤，悉心照料并把本门绝学倾囊相授，直到遗孤长大认祖归宗。他们两个有点像黄蓉和郭靖，一个古灵精怪，一个憨厚讷言。

很多年以后，有人问起亦风是不是真的不懂红字的忌讳。他眉毛一挑：“对手太多，不用点炸眼的字，她能注意到我吗？”

看来还是微漪道行浅了，让我们来看看微漪笔下亦风的样子。

有才情的“天然呆”

亦风是个很有才情又心细的人，肚子里常有馊点子，但也透着一种天然呆和不被人待见的喜感。他每次为电影和我争论的时候，嘴皮子总是像打了麻药一样翻不转，经常说出类似“狡裤三突”（狡兔三窟）之类的口误。他一着急就会站起来，企图用身高优势打压我，于是我立刻用四川话展开更猛烈的反攻，他就只好两手一摊倒在沙发上：“你要这么干，我就不跟你玩了，吵不赢！”

亦风是甘肃人，我曾经跟他回过一趟他的老家——天水的磐安镇。磐安镇是个文艺氛围很浓的传统小镇，至今保留着社火（类似大庙会游行），几乎家家都崇尚琴棋书画，特别敬重学者和艺术家。亦风的长辈们有两位是画家，有一位喜欢收藏奇石，还有一位专门培育珍稀兰草。磐安镇虽是个小镇，却是往来无白丁的风雅之地。

亦风带我参观过他读书的小学和中学，而他的发小一见到他准会想起那朵茉莉花。几十年前在这个小镇上，能得到一盆南方的茉莉花，那是特别稀罕的。那时茉莉花在西北地区很难培育成活，更别说开花了。而他那个发小花了几年时间精心呵护，竟然在家中让自己养的那棵茉莉开花了。花虽只有一朵，但却是一个里程碑。因为在那个年代，歌曲《好一朵茉莉花》传唱大江南北，可是全镇上下就没人见过真正的茉莉开花。亦风的发小很激动，第一时间拉着亦风和两个同学到他家去赏花，还对亦风说："香得很，你快闻闻！"亦风依言把鼻子凑到那朵仅有的小花跟前，深深地吸了一口气。

噗的一声，那朵花竟被亦风吸到了鼻孔里。亦风十分尴尬地擤了擤鼻子。

见此情景，大家都呆住了。

亦风特别爱吃面食，对面的记忆好像深刻地印在他的骨子里。有一次，在若尔盖县城里，我们好不容易找到一家兰州拉面馆。走进去，一吸鼻子，嗯，还行，挺香。于是坐下来。

店老板过来问："想吃什么？"

亦风说："要一碗牛肉面。"

"嗯，还要啥？"

亦风嘱咐得很细致："面要二细的拉面。"

"好。"

"汤要宽，别太咸。"

"行。"

"加点辣椒。"

"嗯。"

"别放葱花儿。"

“嗯。”

“多加点蔬菜。”

“好。”

“多点牛肉……放点醋。”

“行。”

老板接过菜单：“说完了？”

“对。”

老板转过身冲内堂大吼一声：“一碗牛肉面！”然后就忙他的事儿去了。

不一会儿，面端上来，一样都没按亦风说的做。面上的那几片牛肉，夹起来能透过灯影，亦风嘿嘿一笑：“老板好善良啊，他做的这碗牛肉面，只让牛受了一点皮外伤。”白嘱咐了半天，他也不计较，闷头吃他的面，似乎一瞬间就完成了理想与现实的交替，只要是面食就行。

这时，进来一个小伙子，也要了一碗清汤牛肉面。刚吃了两口，小伙子皱皱眉头筷子一放，转身就走了。

亦风看着小伙子离去的背影，有点不高兴了：“你瞧瞧，现在的年轻人，太不珍惜粮食了，就算不好吃，也不能浪费啊。”随即抽了一双筷子，把小伙子那碗面上铺着的牛肉片全部夹出来，喂给路边那只可怜的小狗。

没承想几分钟后，那个小伙子拿着一瓶矿泉水回来了，坐下拿起筷子，望着面前那碗素面发愣。

这事整得好尴尬呀，亦风吃着面的头埋得更低了，头发都快垂到碗里了。

说到亦风这个头发，据他说是少年白，我也会替他掩护："那是因为工作太累了，熬夜多了……"反正都不承认是因为年龄的关系。他一直在染发，我也没见过他完全不染黑的样子。不过他头发长得特别快，每次染发后一个星期，发根的白就冒出寸把长了，于是他会在照完镜子以后头顶冲我，问道："我看起来显老吗？"

我说："不显老，像一只很年轻的臭鼬！"

中国人难道还养不活一只狼吗?

在照顾格林最初的几个月里，其实微漪一直在联络救助中心，但发出去的邮件都石沉大海。问动物园，得到的回复是收容动物需要报批，没有多余的口粮；求助黑熊保护中心，回复是那里只保护熊。后来经人介绍他们联络到英国一家动物保护机构，但是把格林送到英国需要完成各种检疫手续，费用需要十万英镑。

微漪拿不出这笔钱，费用是一道关卡，心里涌起的格林行将背井离乡的悲伤更让微漪和亦风难过。

亦风说："国外的狼和咱格林不是一个品种，他们要是容不下格林的话，会不会把他咬死啊？"

微漪说："送他回草原，这样风险还小一点，中国人难道还养不活一只狼吗？"

前无出路，后无退路，草原就成了他们唯一的路。

在天苍苍野茫茫的草原，日子简单纯净。

微漪一边教格林各种生存技能，一边画画，有时候也帮牧民朋友放放羊。一天上午，她拿着放羊绳刚要出去，格林咬住微漪的裤腿就是不让她去。微漪没理会，照例赶着一群羊往山上走。

格林只得一路跟着。午后，天忽然黑下来，大大小小的冰雹铺天盖地砸下来，被淋了个透心凉的微漪狼狈地跑回小屋。见格林还没回来，她顾不得擦头发，把脸贴在玻璃上盯着窗外。

亦风一手递毛巾给微漪，一手拿筷子煮面，屋里也暗暗的，只一束亮光晃动着，是亦风头上戴着的矿灯，那天他第一次学会用高压锅煮面条。

一个小黑影和一堆灰影好像在向这边移动，格林终于跑回来了，回到羊圈又二度折返，他在赶那些腿脚慢一些的羊。

几分钟后，一碗热腾腾的担担面做好了。用心烹制的舌尖美味还是没能挡住寒意，当晚微漪开始发烧和咳嗽。她本以为自己身子壮，扛几天就没事了，但迟迟不见痊愈，嗓子已经咳到失声了。

糟糕的是，她得的是高原肺水肿，如果不及时治疗会危及生命。亦风左劝右劝才说动微漪先回成都治病。

决定动身的那个早晨，窗户被小格林蹿跳着拱开了，哐啷一声，好像有什么东西飞了进来。微漪从床上虚弱地站起，发现居然是半只野兔，是格林藏了多时的口粮。微漪的眼泪夺眶而出："这孩子，没白疼。"

在狼的世界里，能吃就能活。小格林不知道发生了什么，他有好几天不能和妈妈一起玩耍、睡觉。他无心再跟藏獒们玩了，整天守在小屋的窗沿下一动不动，似乎有种预感知道妈妈遇到麻烦了。

微漪看看野兔，然后走到窗前看了看用两只前爪使劲扒住窗框想跳进来的格林。她捧起格林的脸，亲了亲他的额头，算是告别。

车开了，格林在车后追着。微漪扭头看了一眼便不敢再回头，用沙哑的声音最后喊了句"格林不追"。那个瞬间，格林就好像是多年前的点点。

后来几天，她通过牧民扎西随时了解格林的状态。扎西的儿子拍下了格林那些天的样子，小狼全天卧在山坡上，眺望着微漪离开时的那条公路。

痊愈后，微漪一天也不想在成都多待，她要马上回若尔盖去。妈妈完全蒙了，她不知道女儿到底是为了什么。去意已决的女儿只得对母亲摊牌：“我养了一只狼，他还小，我必须回去。”

“可他毕竟是野兽呀！”

“妈，如果我不帮他，他就是第二个点点。”

母亲含泪放行了……

到了若尔盖，车刚一停稳，一声“格林，我回来了！”就飞出了车窗。在远处听见微漪召唤的小格林，像一阵旋风般扑到了妈妈怀里。母子拥抱着在地上打了个滚，原来妈妈还活着，妈妈又回来了！

当一只狼把她当作全世界，她的世界也为之改变了。亦风把微漪和格林相处的每一个点滴都拍了下来，亦风喜欢她呵护格林的样子，但也深知小狼总会长大，有一天终将离开，所以他想为她留下点“护心丸”。

凡是过往，皆是序章

第七章
Chapter 7

作为知己，他们是走进彼此心里最深的那个人，这就是人间值得！其实，世间最珍贵的，莫过于『正拥有』。

遗憾的是，纵是精神上高度契合，有时候具体生活还是会败给细碎日常中的一地鸡毛。但这并不妨碍他们依然是最好的工作拍档和贴心知己。所有的争执，按微漪的话说，“没有什么是一顿火锅解决不了的，如果有，那就两顿”。

在认识彼此的前后，微漪和亦风都有过各自的情感经历。时光温柔，他们都在自己的新生活里忙碌；时光无情，喧嚣过后皆成往事。好像无论如何，到最后还是会落单。原来，你还在这里。

初夏，我第一次去成都，和微漪聊天。我们并排坐着，眼前是一片被春风轻抚过的绿色。忽然，我们的聊天陷入了片刻的沉默。再开口时，微漪说：“我很恋家，而亦风是个随时可以背起行囊去流浪的人。”听她说完这句话，脑海中飘过的是亦风导演独来独往的孤孑背影，那是一种清冷出世的气质。

当时，我们坐在温江她家的庭院中，脚底下是两团小白云——两只小贵妇犬，她的狗女儿李小朵和她的狗孙女儿李沐佳。从我们坐着的透明露台可以望见庭院中的水景，院前的小池塘里她养的锦鲤嗖嗖在水里游着，空气中飘来青椒炒肉丝的味道。微漪爸爸为我们端来了刚榨好的橙汁。

眼前，是一种温暖而惬意的家常味道。

“我们的关系就像举头望月，月亮很美，但欣赏这种美需要距离，距离产生美，感觉舒服没有负担。如果硬要登陆月球，只能看见一地握不住的沙。”听微漪说完这句话，我忽然想起另外两位天才的传奇——乌雷和阿布拉莫维奇成于爱、共情于艺术的一生，以及2010年他们那场著名的“对视”。

微漪很欣赏眼前这轮“明月”，她欣赏他剪片子时专注的样子，每当有一个新的创作火花闪现，她都是第一个给他点赞的人。微漪感恩这个有大浪漫的人，他是唯一能够理解她的进退维谷，也是能和她并肩前行的人。

2021年的春节，被疫情困在家中许久，微漪好不容易安顿好爸爸妈妈和狗狗母女，来到三亚想好好放松几天。在碧海晴空下才待了三天，一个电话就让她改变了行程。当天下午三点钟亦风来电话说“我心情有点儿低落”，六点钟微漪就坐上了回成都的飞机，直接让亦风去机场见她。晚上九点多俩人就一起吃上了火锅。

从行动到心灵，李微漪都堪称“侠”与“义”。

他们都是艺术家，具有他人罕有其匹的才情。他们都有自己的个性与夙愿，他们牵手走上若尔盖的狼渡滩，在风雪小屋中大手小手抚摸过格林。那一段举世无双的传奇岁月他们共同度过，人生如此，已然完美。很难用友情、爱情、亲情去界定他们的感情，或许用共情更贴切些，他们滋育和推进着彼此的精神成长。

出了双流机场，我见到了亦风。他一米八三的大高个，穿一件白色T恤衫，清清爽爽，风度翩翩，比屏幕里年轻很多。旁边的微漪一米七三，同样也是白色T恤衫，配一条红裙子，说话时长长的马尾辫来回晃着，特别活泼。

微漪头上戴着亮闪闪的宽发箍，颈上的项链和腕上的小红表也有亮闪闪的小水晶，身上依然散发着小女生的气息。她明眸皓齿，人非常有礼貌，动作反应特别快。一路上，她坐在副驾驶位子上给亦风支招指路。与微漪的快人快语比起来，亦风显得特别沉稳，嘴上应着但心里有数。

初见面的那一晚，微漪安排大家去宽窄巷子吃饭，同去的还有微漪的父亲母亲。这是真挚热忱到可以把人融化的一家人，他们谦逊而周到。亦风让大家先下车，他自己去找车位。丰盛的晚餐结束后，沿着街巷漫步，一路上见到各种特色零食，微漪妈妈一直关切地问我："有没有吃饱？还要不要再来一些小吃？"

微漪拉住我在一家店面的牌匾下稍作停留，有点儿古灵精怪地笑着说："我二十几岁的时候穿着汉服在这家店卖过酒，好玩儿吧？你猜我扮谁？"我脑子里飞快想着到底说哪位古代绝世美女合适，微漪嘿嘿了一声，狡黠地说出"孙二娘"，三个字掷地有声地砸向我的脑门。当时两个人都哈哈大笑起来。她的有故事和有意思会让人不由自主瞬间喜欢上她。

信步走着，再回头时微漪不见了，四下寻她，还是微漪爸爸眼尖，朝她所在的地方指了指。她正在一个街头艺人的乐队前驻足，很认真地听歌呢，手里拿着刚买的碟。

在成都三天行程中的第二天，微漪告诉我："你收拾停当了给我微信，我开敞篷车来接你。"为此，我挑选衣裙精心妆扮了一番，以衬得上凯迪拉克。谁知走到宾馆门口，看见微漪笑嘻嘻地骑着辆电动三轮车在路边候着。

这车……倒是敞篷的，没错。可这名字？

"我们家泰迪开着能拉客，泰迪拉客。"

哈哈哈，可爱！好吧，我也开始随意了些。

来到微漪家，她特意准备了各色美食，爸爸妈妈在餐桌上一直为我夹菜，看一只蚊子一直围着女儿转，老爸马上绕过圆餐桌，出奇招制服蚊子。妈妈则时不时为我们的采访补充一两句。觉得妈妈说的不够完整，爸爸再马上纠正。看似谁也不服谁，但东一言西一句的欢声笑语中匿着一根细线，那是轻轻柔柔的一缕亲情。爸爸妈妈抬杠的样子就是完美的父母爱情的模样。

餐桌上的电话铃声响起，是亦风，最新一集《重返狼群10周年特别纪念版》几小时前刚上线，热心的网友发现是单声道，发弹幕提醒了他们。那天一早，发现这条弹幕后，亦风重做了一版，电话里提醒微漪重新校对一下字幕，两人在电话端一直商量着工作的事。

晚上我们三人一起吃饭，在餐桌上，他们俩争着给我推荐有关狼的书籍和电影。而我，津津有味地听眼前这对最佳制作人说着格林重返狼群时的激动时刻。亦风主说，微漪补充，色味俱佳的美食就着活灵活现的追述。

作为一个记录者，作为一个看过纪录片《重返狼群》无数遍的粉丝，那一刻，与有荣焉，我特别骄傲，沉醉在他们的回忆里。那是独属于他们的荣耀。

吃饭的时候，两个人特别虔诚地对待食物，丝毫不浪费。忽然想起他们在风雪交加的草原小屋里，以仅有的半棵冻白菜凑合着做饭的样子。

这对知己的日常有时候是这样的：

十点钟，住在成都郊外温江小镇的微漪已经开着爸爸的“泰迪拉客”买菜回家，跟她的宝贝狗狗朵朵和佳佳腻一会儿，再打开庭院门张望一下池塘里的锦鲤，踏着池塘中自己砌的石墩子一步步走到水中央。那儿有一个她用淤泥和砖石垒起的大花池子。

马蹄莲刚好在盛放，难得一见的金色日光正一簇簇透过水面折射到周遭，一派盎然翠意中，马蹄莲的白在这一片浮光掠影里显得愈发地高贵纯洁。大小红黄一片的锦鲤在水里起着哄似的向美女探

在古镇亦风护着微漪的妈妈下石阶

头探脑问安。微漪随手掐去几片残叶，给鱼儿们一个慈爱的眼神，再嗒嗒嗒地踏着石墩走回岸边。

接近正午，爸爸唤女儿来炒菜。老两口正谁也不服谁地“嫌弃”着彼此的厨艺，但女儿一出马，厨房里马上一片祥和。微漪炒菜要颠锅，火光熊熊，不知道的还以为是在炼丹。

午后，城的另一端，亦风在他的床上刚刚睁开眼，灵魂正说服肉体赶紧起床。之后文火慢熬来上一小锅稀饭，边吃边想着下午约上谁打会儿麻将。往远里想想，下个礼拜开着刚换的大路虎去哪里遛遛车。

2021年初夏的很多个午后，大约三四点钟，一个视频联通了彼此，两人同时打开电脑，若尔盖草原再次铺展在眼前，寻找与发现把他们重又带回到2013年。两个人时刻在对比商议着具体取舍哪个镜头，视频开着，那头亦风在埋头剪辑，这头微漪在翻着书，两部手机都透着对方那边细碎的声响。

这一连线，可能就是十几个小时。

这样的陪伴，很温婉很朴素。可能很多人一生都没有过这样的动人光景。作为知己，他们是走进彼此心里最深的那个人，这就是人间值得！其实，世间最珍贵的，莫过于“正拥有”。

垂下眼睛熄了灯

回望这一段人生

望见当天今天

即使多转变

你都也一意跟我共行

“谢谢你风雨内，都不退愿陪着我。”本源于一念之间，却共同度过了那样一段天地日月中只望得见彼此的日子。张国荣《共同渡过》中的这几句歌词完美诠释了亦风和微漪的这一段人生。

那天，亦风无意间抓拍到一段月光下身着藏袍的微漪和格林翩翩起舞的样子，他们在月光下嬉戏。亦风刚好拿起相机走出小屋，想拍那一夜的月色，看到美女与小狼共舞的背景正巧是一轮满月。面对这一美到令人窒息的画面，亦风不动声色地对焦摄录，那份震撼之美让他的心狂跳不已。他尽量控制自己的手不要抖动，于是我们在屏幕上才看到了美丽绝伦犹如神话般的那一分钟画面。这美在带给我们视觉盛宴的同时，也使得观者重新检视自己对狼族的认知，反思人类对大自然的责任。这部纪录片的意义也就由一种美好的日常记录，嬗变为一个更高尚的理想。

第八章
Chapter 8

原来我此前所有的人生，都是为了遇见格林

仿佛命中注定一般，原来我此前所有的人生，都是为了格林。连名字都是，亦风，逐风而行。狼，是风之子。

听微漪说，亦风家的墙上至今还有格林当年抓的小爪印，十一年过去了，房子也曾重新装修过，但这面墙依然保持原貌。念旧的亦风是想留住格林的气息。

仲夏，我第二次来到成都。

我和微漪、亦风约好了采访地点，在宽窄巷子旁的柿子书院。

午后两点多，亦风先到了，微漪因为去做针灸理疗，路上耽搁了时间，她打电话说让我们先聊。亦风导演是个慢热的人，在书院门口点燃一支烟，几分钟后，掐灭烟蒂，我们先从《重返狼群》的配乐谈起。

片子中，不停有弹幕打出这样的话："太喜欢片中的音乐和片尾曲了，我想下载全套。"对于这样的肯定，亦风特别欣慰。其实在拍摄过程中，怎样讲述好这个故事，怎样用音乐为剧情增色，亦风是有些担心并为此绞尽脑汁的。

"其实一开始拍摄时，我脑子里就是有音符闪动的。后期制作时，我们联系过知名音乐人，但大家都很忙，沟通过但没有反馈回来的消息。我就通过朋友找到本地的音乐团队The One Studio，先放一些片段给他们，讲了我的一些构想，我的要求是必须有藏地特色，还要有充分的现代元素。幸好我们沟通得非常好，后来做片子

就是我一边构思，他们一边根据我的情绪创作乐曲，反过来我再根据音乐反复调整场景。我做片子有两根拐杖，一根拐杖是微漪写的故事架构、对白旁白，另一根拐杖是配乐。”

亦风最早的艺术启蒙是美术，连微漪都夸奖他的油画功底，除了热爱动物，这也是他们非常有共同语言的一个话题。后来美术这条路没有走通，十几岁的时候，亦风又被音乐深深吸引了。

在故乡甘肃天水的磐安镇时，亦风认识了一位从上海下放到磐安插队的老知青，这位老三届（1966~1968年三届的初中和高中毕业生）在返城大潮后依然选择留在当地，在一个小工厂里继续安心当工人。在他那里，亦风第一次摸到了古典吉他。1979年，中国流行音乐刚露出微光，六弦琴拨开了十六岁的亦风的艺术梦。

1981年，他考入兰州大学，接触到了更多的乐器，哪一样都爱不释手，都想学会。

亦风的曾外祖父是我国晚清时期赴东瀛的首批留学生之一，与康梁是同时代人，亲历过戊戌变法。他的外祖父是民国时的电讯专家。因为家学渊博，天资颖慧，所以他上学并不费劲，绝不算刻苦的类型，但每学一样东西都上手很快，发展的业余爱好特别多。

从兰大毕业后，适逢改革开放最朝气蓬勃的发端，亦风在兰州、深圳、海南都闯荡过。三十而立后，他进入一个沉淀期，开始认真思索自己的未来，忽然意识到自己的性格不适合创业。

1996年春节，亦风到成都看望外婆。在蓉城待的这段日子里，他每天扶着外婆散步，陪老人家一日三餐。在这种相依相伴中，他内心升腾起一种久远却渐渐回归的温情。外婆当然舍不得他走，亦风于是决定择地而生，定居成都。

“老人们常说‘爱一行，专一行’，我却常常是一阵风似的爱一件事，钟情一阵子热情就转移了。纵向不深，但横向拓展得很宽。拍摄《重返狼群》时，我忽然感觉，自己多年的爱好就是为了

拍这个片子做积淀。学美术是为了摄影构图，学音乐是为了调度情感，成为视频制作人、成立工作室，都是为拍摄这部纪录片做铺垫。仿佛命中注定一般，原来我此前所有的人生，都是为了格林。连名字都是，亦风，逐风而行。狼，是风之子。”

我们聊到这儿时，微漪来了，还贴心地拎着两袋花生瓜子、一袋葡萄，还有两根老冰棍。递给我冰棍时，她说：“这是格林最爱吃的奶油味老冰棍，格林小时候喜欢吃西瓜，而且他爱把老冰棍放在西瓜里掺和着吃。他藏食的时候，也藏老冰棍。你想想，在夏天的天台上藏老冰棍，过了一天，格林发现老冰棍成了‘老光棍’。格林哪里理解得了‘融化’的概念，正对着一根棍儿纳闷发呆，回过头来，身后是一路跟拍的亦风，格林肯定火冒三丈上去就咬他呗！”格林妈一通得意地描述着亦风挨欺负的精彩一幕。

经常挨欺负的“狼爸”此刻来了精神，出去抽了根烟回来后，讷言的汉子打开了话匣子——

“我从小喜欢动物，但此前对狼的了解仅限于童话，对狼是有恐惧感的。看了《狼图腾》这部小说后，心生敬畏，开始怀着好奇收集文字、图片、画册，有意识地找纪录片来看，开始从各个角度关注这个生态链上的顶级掠食者。

“刚见到格林时，就觉得他是个可爱的小动物，那时手机像素也不高，我就是本着好奇心拍着玩儿。后来意识到他迟早会长大，人与狼可能无法永远相伴，到不得不分离的时候，微漪不知道会难过成什么样，于是我拍了很多，想给她留点念想。我们发现他是只智商、情商都很高的小狼，尤其是他花样百出地护食、抢食、藏食时，特别可爱。他吃得多，但为了让他长好身体，我和微漪后来都是拿纯肉喂他。

“刚到扎西牧场时，小格林一下就跳到扎西家的墙上，真的是

双眼放光，小圆眼珠四处转，哪儿都看不够，我心里瞬间就被他打动了。草原才是他的家，他渴望到草地里撒野。我觉得小狼骨子里的野性被这一片绿毯唤醒了。

“格林看见马吃草，也俯下身子，匍匐几步，有样学样地吃草，吃了几口后，发觉不好吃，就撇嘴吐了出来。小家伙知道这个不是他的主菜，忽然发现了在旁边看热闹的旱獭，啊，原来这个才是大餐。他本能地去追，但根本追不上、逮不着。刚到草原的他根本不知道草原上有那么多的坑和鼠洞。观察，奔跑，不停地奔跑，一切对于他来说都是新奇的。我们看着他，也充满欣慰和感动，觉得我们必须帮助他、陪伴他长大，然后让他认祖归宗。”

听亦风说完，正忽闪着大眼睛在旁边嗑瓜子的微漪接过话茬

儿：“亦风身上有一处疤，很长的口子，是接机时留下的。”

“接机？”

“对，接无人机。那时我们有三架无人机，一架掉水里‘尸首’全无，一架摔得稀烂，就剩下仅有的一架‘天眼’，决不能再有任何差池。再说了，无人机又那么贵。亦风觉得无人机反正很轻，就想像接只鸟一样把它一把抓住。看无人机往下落，他两条鹤腿又跑得快，奔过去一手就抓住了机器的支架，谁知螺旋桨的劲道那么大，亦风的手腕一下就被带弯了，无人机在他手里来了个倒栽葱，高速转动的桨叶一下子削到了亦风的腿上。

“我赶紧关了开关，我们俩都蹲下检查机器损坏情况。几分钟后，等亦风往前一站时，感觉大腿那儿有点漏风，低头一看，那么结实的牛仔裤居然被螺旋桨划开了一个大口子。他说：‘你得赔我一条裤子。’说着掰开破口，发现口子里还有一个口子，是一道肉口子。正所谓‘摔倒不疼爬起来疼’，人在激动的时候肾上腺素高，是感觉不到疼的，而这一站直，血流如注，他才开始捂着伤口哎哟哎哟地叫唤了。

“伤口有八九厘米长，那么长的伤口必须缝合。后来，我就四处找针，最后是在达扎寺镇上的兽医站买到了一根弯针，人家是给生产的家畜或小牲口缝合用的，刚好只剩两根，我就赶快买了一根。回来连消毒带缝合一通忙活，缝了七八针，又贴上个无菌贴保护伤口。没有麻药，硬缝的。没听见亦风喊疼，他只是念念不忘地絮叨：‘你得赔我裤子！听见没？’

“不久后伤口愈合了，就是复合后的创面不是很直，有点儿像丹凤眼。这根针后来被我收到药箱里，哪知道后来母狼辣妈找我们救被牦牛挑开肚子的小狼飞毛腿时，正好派上用场。亦风当了一次我外科医术的‘小白鼠’。确实，好像冥冥中很多事都是在为救狼做准备。”

我看他们一个说、一个补充，完全沉浸在回忆里。我跟他们相隔数尺，但空气中仿佛飘过来一条弹幕：“亦风，汉子！致敬！”

我们仨一下午都在聊着格林的通人性、明事理，当谈到格林雪地埋兔子那一幕时，微漪和亦风几乎异口同声地说：“其实就在他藏兔子的前两天，还发生了一段特别有趣的插曲。”

格林的活动规律是白天出去转悠，但他到落日时分是一定会回来签到的。可是有一晚，始终不见他的影子。微漪和亦风开始四处找，微漪还唱着歌，希望格林听到歌声快点回家。可直到晚间回小屋点上灯了，他们也没见格林的踪影。

正急得团团转的时候，多吉和他妈妈端着一大锅粉条给他们送饭来了。多吉和妈妈看他俩面露忧色，也打着灯跟着一起找格林，但都没找着，就互相安慰着回到了小屋。

因为有客人在，微漪和亦风心里头已经火上房，但脸上还要表现出镇定。亦风自己憋着眼泪，还要嘴上宽慰微漪，跟她说：“咱们格林的智商、情商都是一流的，咱们给他的教育也是一流的，他那么聪明，不会有事的。”

遇见大事时，男人往往是往乐观里想，女人往往趋向悲观的结局。当时格林八个多月大，是只半大的狼了，不久前老是有牧民想来抓他，想到这里微漪的心就一阵一阵发紧。

火炉上还咕嘟着那锅粉条，好心的多吉娘俩默默地陪着他们，忐忑不安的亦风和微漪，一个魂上六神无主，一个心里七上八下，两个大脑都飞快地设想着各种可能。亦风认为格林跟着狼群走了；微漪觉得格林一定是出事了，因为狼的耳朵可以听到六公里远的呼喊声，这么多人喊都没把他喊回来，他多半走远了或者不回来了。

饭上桌了，但两人看都没看一眼。

大约十点钟的时候，窗玻璃外面出现了一个影子，紧接着贴上来一张毛脸，格林咧着嘴一副憨萌的表情，这家伙相当高兴哪！屋里的四个人一通欢呼，忘了是谁把窗推开了一道缝，格林特别霸气地一爪子推开窗，呼地一下子就蹦了进来。

一天没见妈妈的格林宝贝小旋风似的钻进了微漪的怀里，兴奋地叫个不停，好像有一肚子话要说给妈妈听。微漪紧紧地抱住了他，心落肚里，魂回窍内。

微漪抱了好一会儿才舍得撒开，捧着狼脸端详格林有没有受伤。只见格林屁股的毛上粘了一个商标，肯定是他又溜达到人类的地盘去了。微漪又后怕又来气，噙着眼泪啪地扇了这小东西一记耳光，打得格林的牙嘎的一声上下一磕，就像订书机上下咔嗒合了一下。小格林不以为意，咧开嘴继续笑呵呵的，挣脱微漪，跳出窗外叼了个挺沉的东西进来。原来，他给妈妈捡了一个保温水壶。

这让人担心、揪心、痛心又暖心的孩子！

母子激动人心地重逢后，慈祥的父亲才有近前亮相的机会。亦风摸了摸，格林的肚子还是瘪的，摸完肚子又赶紧胡噜胡噜头，充满怜爱地说："看来你今儿忙活了一天啊！走了这么久，也没找到啥吃的。来，开饭！"

微漪和亦风余味绵长地追忆着那晚的每一个细节。亦风说：“格林那天肯定还经历了什么事儿，他回来时特别兴奋，好像是在学校里得了奖状回家报喜的孩子一般，一直咧着嘴特高兴的样子。”

我们畅聊的这一天是2021年7月16日，距6月26日《重返狼群10周年特别纪念版》播完刚好过去了整整三个星期，这部优酷评分9.6的片子在那天达到了370万次的点击量。亦风导演的情绪还停留在剪辑片子的余温里，但明显可以感觉到他的疲劳。

今年因为雨水太大，又赶上他们事情多，可能这个夏天不会去若尔盖了，但从他们的谈话中，可以看出他们对那片土地深厚的情感。说起他们的牧民朋友，亦风特别亲切。他很得意地告诉我，是他教会扎西一家使用调料炖肉、和馅的。尽管好多牧民还是很仇视狼群，但他们对这两个汉人救助格林这件事是相当佩服的。因为当时亦风和微漪出入的是连当地人都鲜少进入的“无人区”。

微漪说：“整个若尔盖都是保护区，但当中有个核心区，这个核心区是没有被私有化分给牧民的，这个地方叫黑乔（藏语译音）。十几年前这个无人区是没有人进去的，因为沼泽多，气候变化无常。无人区里主要是狼、梅花鹿、藏原羚、狐狸、鸟类这些‘原住民’在栖息活动。但我们为了寻找狼踪，只好一次次涉险，事后想想还是挺危险的。我有一次就深陷沼泽被泥没过了半个身

子，幸亏脚下踩到了一头死牛，才侥幸脱险。第二天太阳升起时，我还让亦风给我拍了张劫后余生的照片呢！”

牧民朋友性格淳朴，心思单纯，看这两个汉人为了一只邦客（藏语“狼”）如此地赴汤蹈火，心中也只有“佩服”二字。他俩还教会了当地牧民很多新鲜的知识。

“因为狼的繁殖能力强，所以狼的定级为‘国家二级保护动物’，他可比大熊猫少得多啊。”这是微漪第三次对我发出这句怨言。亦风接过话：“其实，‘若尔盖狼生态保护监测站’挂牌的标志性意义大于其实际意义，监测站是国家林业和草原局授权、四川省林业和草原局监管的，我很骄傲格林重返狼群这件事直接推动了国家开始重视狼这个物种。这是一个观念的转变。”

他说：“从我个人而言，我很希望大家通过看《重返狼群》这部片子，开始关注野生动物的生存现状；我希望我们可以借鉴美国黄石公园引进狼群的范例在若尔盖建成一个中国野生动物物种的生态链；很希望若干年后，人们谈到狼的时候，不再是千年之前的《东郭先生与狼》，而是格林与《重返狼群》！”

一天的采访，我们从午后聊到天黑，从柿子书院的大堂聊到露台。七个小时，我们的话题一刻都没有离开过格林。

五百多公里外的若尔盖草原，寥廓星空下的格林，你有没有耳热心跳？你知道吗，你的微漪妈妈和亦风爸爸正对着他们的朋友倾

诉着对你的绵绵思念。

“只要还有人听，我就会向更多的人讲述《重返狼群》的故事，这是我们最后能为他做的了。格林独特的经历，使他在网络上收获了许多的关注。希望格林的名狼身份，有助于对他们这种野生种群的保护，希望通过他的故事的传播改变人们的认知。”

在《重返狼群10周年特别纪念版》的结尾，亦风说：“其实，在我们心目中，这片草原上的每一只狼，都叫格林。随着《重返狼群》的制作接近尾声，格林的故事就要结束了，我很舍不得和格林分开。”说完这句话，他低垂眼帘，狠狠地收住眼里的泪。

字幕亮起，片尾曲的第一个音符刚刚跳出，弹幕上的不舍之辞和加更之请就像喷焰的烟花一般弹射而出……

第九章
Chapter 9

格林，大家看到你了，爸爸妈妈做到了

从当初电影险些被封杀到十周年纪念版上线，我们得到越来越多的认可和鼓励，比得了大奖还高兴，『人心』就是最好的奖杯。

鲜有人知道，为微漪和亦风赢得美誉和人心的纪录电影《重返狼群》在2017年上映前险些遭到封杀。亦风在最后一个城市的路演中，想起拍摄的艰辛和上映前的一波三折，泪洒现场。他说："我就想告诉格林，大家看到你了，爸爸妈妈做到了。"

对那些难挨日子的回忆，微漪在日记里是这样写的——

“狼魂会保佑我们的”

2010年，格林回归以后，我时常失眠，陷入一种奇怪的迷幻状态，白天会幻听到枪声，在车流中会像困兽一样眩晕慌张；晚上会惊醒，梦见格林像孩子一样哭着找妈妈。焦虑，总觉得我们将格林独自放置于一个危险的环境，让他孤军奋战。而自己却只能干着急，帮不上忙。

亦风鼓励我说，你想他，就勇敢地看看你们在一起时候的日记，看看你们的视频照片，用力地把他记住。

我整理了所有日记，把十几万张照片都做了标注、归类。回忆中，我突然间找到了能帮助他的方法。我可以写下他的故事，让人们了解狼和草原，最终集合群力呼吁国家为狼群建立一个保护区，为格林和他的同伴争取生存的空间。

到2012年，我用一年的时间写完的四十万字的《重返狼群》第一部，在全国发行。格林的故事也被翻译成不少版本走向海外。然而互联网时代人们行色匆匆，肯静下心来读书的人越来越少，靠书的影响力和微薄的稿酬去实现建立保护区的理想简直遥不可及。

2012年末，我们开始剪辑纪录片，一方面是寄托对格林的思念，另一方面是考虑到影视的传播力度会更大。但那时我们也只知道埋头剪片，对于纪录片完成以后投放到哪里、如何宣传一无所

知。亦风说："管他呢，走一步看一步，关键是你想不想做。如果想就别顾忌那么多，车到山前必有路。狼魂会保佑我们的。"

从2013年到2015年，我们和格林在草原上一条平行的时空里"共处"，这期间我们初剪完成了五个小时左右的纪录片，我也写完了三十八万字的《重返狼群》第二部。

我们搬上去一套电脑设备。但是没有网络，连用电都成问题。我们只能靠太阳能蓄电池的微弱电力，这点“积蓄”只能支撑两小时左右的工作，还要分分钟保存，否则之前的剪辑很可能全泡汤。突然断电还可能造成素材硬盘的损坏。所以后来我们就尽量多用笔记本电脑，不怕突然断电，也可以工作得更久一些。

微漪就是在这么艰苦的条件下，完成了《重返狼群》第一部和第二部的写作。书顺利出版，而且反响热烈，一个大胆的想法又冒出来：能不能做一个不一样的纪录片呢?

尽管亦风拍视频是行家里手，但在拍《重返狼群》前他没有任何拍纪录片的经验。最初，他们想找专业团队来剪辑《重返狼群》，但别人做不了。专业导演一来就要看剧本，可是《重返狼群》没有剧本，只有数年来一天天发生的真实事件留下的海量影像。专业导演们很无奈，没有剧本没法做。

他们又请了一个场记来归整素材，请他按时间线标注出事件或场景。可是场记听说有两千个小时的素材要整理标注，头都大了。他告诉他们：“通常电影都是依照脚本，按需拍摄，一部电影最多也就拍摄几百分钟的镜头。你们两千个小时，我每天工作八小时，就算通看一遍也得一年时间，再要标记场次镜头得干到猴年马月去了。就算多几个人一起干，这活儿没有五百万不行，也没人舍得耗费这时间。”

之前也有几家电视台拷走了一百多分钟的视频素材，做了几期节目，可是立意大多停留于猎奇和花边新闻，不能表达深意，也无法引起情感共鸣。

微漪感到遗憾，她对亦风说：“无论导演或其他专业人员，他们是当一份工作在做，的确很难理解重返狼群的意义。我很想自己来表达，我最熟悉格林，没有人能代替一个母亲讲述自己孩子的故事。这时间和精力我愿意来付出，爱是没有专业与否的，只要专心，就算做出来粗糙，但是它一定有灵魂、有温度。”

这番心思和亦风不谋而合，他立志要做一个跟别人不一样的纪录片。于是他们自己动手摸索，按自己的心思呈现创作意图，毕竟，两人都是资深的纪录片爱好者。

“欧美和日本都非常重视纪录片市场，设有专门的院线只播放纪录片。它具备观看价值、科考价值、社会意义、共同价值、人文关怀。不同于综艺节目，纪录片的生命线是很长的，它是一个故事，也是一段历史，它的真实性决定了它是可以一直留存和流传下去的。”

“我们做这个片子有一个默契，就是坚决不说教，只做第一视角的记叙。我们记录格林一路成长的历程。所以我保留了大量调侃的情节，以及一些家常的旁白，引领观者进入当时情境自己去体会。除了在草原上由于风噪声太大，有些同期声听不清，采用了配音还原之外，其余都保持了原味。”

微漪和亦风你一段我一段地说着他们的创作构思和体验，他们希望观众在《重返狼群》里看到广阔自由的画面，同时也能获得一种动人的力量。格林是野生的，这部纪录片也是野生的。

微漪写下了她的创作札记和心路历程——

草原之夜，一盏孤灯下的两个人

那三年，我们每天凌晨四五点起床，然后带上干粮开始巡山、观测狼群，因为狼群喜欢一早一晚活动。日出后拍摄一些草原上变幻的风景和野生动物的日常。到中午时分，回到小屋已经很饿了，我们简单地做点吃的，在炉子上烤个馒头或者泡方便面。如果能找到野菜，我们也会煎两个荷包蛋，精心地做一餐野韭菜盒子或者野蘑菇汤之类享受一下生活。

午餐后，我们得去山下的水源地一趟一趟地背水上山，过滤、煮沸，再过滤、储存。亦风在家煮水的时候，我就得漫山遍野去收集干牛粪，这是必需的燃料。牛粪燃烧很快，平均每五到十分钟就得往炉子里添一次。如果烧饭做菜就用得更多，所以我们每天至少要捡十大背篓的干牛粪才够用。收集水和燃料，顺道挖挖野菜，这些生活琐事就要用去一下午的时间。

晚餐很丰盛，通常是五菜一汤：豆腐乳、榨菜、萝卜干、老干妈、火腿肠和野菜汤。我会拿两个大盘子来摆盘，再随手摘两朵小花、一对嫩叶点缀在餐盘边。菜虽然土了点，但也能吃出法式大餐的洋气。水太难得，舍不得拿来洗碗，在草原上要尽量避免使用洗洁精，否则洗碗水和油污可能会污染草场。我们就准备了很多纸碗，吃完以后还可以用来引火。

如果不刮风，我们会把折叠小桌子搬出屋外，撑一把阳伞，在幕天席地中更有情调地望着夕阳享受野餐。偶尔有领地狗溜达过来张望我们吃什么，我把自己的那根火腿肠递给它，狗子嗅一嗅，失望地甩甩脑袋，头也不回地走了。草原上吃惯了牛羊肉的狗，根本看不上火腿肠，它们认为那玩意儿跟肉压根儿就没啥关系。

晚间，太阳能板收集了一天的电能存在蓄电池里，我们可以为器材充电，各自打开电脑开始工作。亦风剪辑，而我需要将当天拍摄到的素材整理归类，并随时为亦风提供指导和寻找从前的素材，因为那些资料的名字只有我才知道。通常我们会工作到子夜，蓄电池的电正好消耗殆尽。

草原的夜，静悄悄的，没有车声人声。茫茫草原上，只有一个小屋倔强地立在风雪中。一盏孤灯下两个人，或写作或剪辑，很少

说话，但能听到彼此的呼吸。

夜里，偶尔有父母的电话打来，信号特别差，我告诉他们女儿很好，衣食温饱，一切无忧。爸爸会叮嘱："天气预报说若尔盖明天下雪，记得加衣。"每次挂电话前，爸爸都会舍不得："太苦了就回来，爸妈在。"

牧民朋友们看我们工作比较辛苦，只要得空就来帮我们的忙，帮背水、收集牛粪、修整房子，还送来风干肉、糌粑之类的粮食。他们的话很质朴："别的我们帮不上，帮你们省出点时间也是好的。"放牧途中，牧民们来我们小屋歇脚的时候，也会跟我们聊起他们遇见狼的故事，有时我会把这些故事录入书中。

我们与盗猎的、抢车的、贩死牛的发生过冲突，掉进过沼泽、冰洞又爬出来，病过，痛过，伤过，天灾人祸……数次危机，牧民朋友们只要得信，总会赶来营救。而当牧民遇到天灾时，几百只走不动的瘸腿羊眼看无法过冬，又卖不出去，只能等死，牧民面临惨重的损失。我城里的朋友们得到消息，发起团购，买下了所有的伤羊，为帮助过我的牧民朋友们解除了忧患。

那些年里，身后有父母，身边有朋友，前方有目标，还有很多支持我们的读者，让我们充满力量。

2015年，在姜戎老师的建议下，我们尝试着对海量的纪录片镜头进行精剪。那时的考虑是：让有关部门先看到这个故事。考虑到纪录片的小众特点，我觉得五小时可能有点儿长，担心人们没有耐心看完。另一个担心是多年前的设备像素低，人们会满意画面的质量吗?

为了压缩精剪，我们舍弃了很多故事情节。例如格林与藏獒的故事就被整个删除了。我的第一部书说的是格林重返狼群，第二部书说的是狼群的生存危机，关于题材的取舍我们也很纠结。其实很期待可以拍成两部电影。

考虑再三，我们坚持把原本在《重返狼群》第二部书中出现的用626张狼头皮做成的百狼袍提前放到了《重返狼群》第一部电影的末尾部分。因为那时候我们知道，第一部影片能顶着重重阻力搬上

银幕就已经很艰难了，第二部很可能没法再上线。而盗猎、杀戮、狼群的生存危机才是我们真正想说的，必须趁着有这个上线的机会，把最想表达、最具震撼力的画面尽早展现给观众。

2017年5月的一天，当我添加完最后一行字幕，点了“保存”之后，真是大大地松了一口气，心里绷了七年的弦儿猛然一松，我激动地站起来说：“做完了！”说完，人就晕了过去。

我醒过来的时候是躺在椅子上的，睁眼看见亦风一脸惊慌，使劲揪着我的上唇。我又疼又气：“你是掐人中还是擤鼻涕？！”不过，人醒过来了就行。我得感谢父母给了我一副好身板，写书、做片这七年里，熬了不知多少夜。在记忆中，几乎没有一天睡眠超过四个小时，换成体质弱点的，可能早就猝死了。

也是在这七年里，南卡阿爸、多吉阿妈这些善良的老人先后离开了我们。阿爸离世前一直念着："你们不要怕，向前走。"亦风说："阿爸，你等等我们，你还没看到我们的电影呢！"阿爸轻轻摇头："看不到了……"溘然长逝。

做完电影后，我们很茫然，不知道怎么才能让大家看见这部片子。我说："要不我买一辆房车，载着银幕投影，全国各地每到一个城市，就放露天电影。"亦风摇头："你那样干，城管就把你抓了。申请'龙标'，走院线播放才是合法的。"

同年6月，我们的愿望终于实现，纪录电影《重返狼群》走进了电影院。没有人知道，就在临到上院线的头几天，由于一些利益关系机构的各种闹事，电影还面临着被封杀的局面。

某些人闹到电影局，不许电影公映，我眼看着七年的心血即将付之东流。幸而当时的国家电影局领导比较谨慎，亲自看过了影片，表示认可，力保《重返狼群》上线。

我们对这位素未谋面的领导心存感恩，能走进院线的纪录片实在是太少了。亦风在最后一个城市的路演中，想起这些波折，泪洒现场。他说："我就想告诉格林，大家看到你了，爸爸妈妈做到了。"

电影上线后，社会反响强烈，引起了国家林业和草原局的重

626张狼头皮制成的狼皮袍

视，在林草局的学术报告厅安排了《重返狼群》专场放映，还请我们去讲若尔盖野生动物的生存境况。

上台的时候，我的腿在抖，幸好那天穿的是裙子，或许别人看不出来。我垂下眼帘，泪眼模糊中，备好的讲稿上面的字，都像蚯蚓一样扭动，根本看不清。可是当我大胆抬眼看时，台下千余名看完影片的人都默默地等待着，安静而认同。于是，我放弃讲稿，勇敢地说了我心里最想说的话。

我讲完后，很多人已“泪目”。领导问台下：“我们能不能建一个保护区？”

“能！”

“一定做！”

那一刻，亦风在台下用力鼓掌。我使劲望天花板，咸咸的滋味都流回了心里。狼魂保佑！

97分钟的纪录电影《重返狼群》荣膺2016中国（广州）国际纪录片节“金红棉”评优单元最佳新人纪录片奖、2016“金熊猫”国际纪录片节自然类最佳亚洲制作奖、第六届中国纪录片学院奖最佳纪录电影奖提名。

以初衷为根脉，以善意为养分，用才华浇灌出果实。“为她，也为格林留下点什么！”真的留了下来，格林引微漪进入狼世界，微漪领亦风走进狼天堂。随心而出最是感人，亦风镜头下的“格林传奇”天地流芳。

优秀的导演却被他的朋友们戏称为“懒散的艺术家”，他自己憨笑着并不辩驳。朋友再补一刀说：“你生活得太没有规律了！”亦风这才慢悠悠地回了一句：“其实没有规律就是我的规律呀！我是个很有原则的人，我的原则就是看心情。”做起事情来，亦风是绝对勤勉、毫不懒散的。这一点，连微漪都要竖起大拇指。

2021年是格林重返狼群十周年，有着好心情的亦风在原有海量素材的基础上，从2019年开始，着手剪辑《重返狼群10周年特别纪念版》。与电影不同，纪念版不再局囿于时间的限制，意在展现格林更多的影像和趣事，每集40分钟，一共400分钟。纪念版2021年3月上线后，好评如潮，短时间内就吸粉无数，有看过书和电影的铁杆儿，也有新晋狼迷。原计划是5月9日播完，但在粉丝的真诚期待中，他们决定加更两集。

从剪辑到上线，优酷只给了他们四十天时间。要在这么短的时间内赶制两集共104分钟的纪录片，微漪每天录制旁白，标注故事点，指导剪辑、配乐、字幕；亦风每天下午用电脑把当天的“作业”发给微漪，微漪认可后亦风再剪辑下一段，就这样一个故事接一个故事推进。

他们熬更守夜，每天工作到黎明。亦风家的烟灰缸里，杵灭的烟头密密麻麻，拱起来像水雷一样。他剪完有趣的片段会像孩子一样开怀大笑；剪到小狼遇难的影像哭得眼睛红肿，整宿翻来覆去地难受，眼泪把枕头打湿一片。

在草原上那几年，微漪和亦风因为体力透支、缺乏营养、长期熬夜，都落下了一身的病，微漪是颈椎病、腰椎病、关节炎、肺水肿后遗症，亦风是哮喘的老毛病。

因为情感太投入，久坐、失眠、熬夜，微漪犯了颈椎病，脖子不能动，左肩臂麻木无法抬起，她一边做着牵引理疗，一边坚持做片子。因为神经受压迫供氧不足，她半身冰凉，6月还穿着轻薄羽绒服。

接近制作尾声时，她已无法坚持坐起，只好把平板电脑镶嵌在画框里，再用细绳系住画框四角吊挂在蚊帐上，躺着看。《重返狼群10周年特别纪念版》的第十一和十二集就是这样被监制出来的。

六周时间，他们终于更新了剧集。《重返狼群》背后的这些汗、这些疼、这些泪、这些夜，其用心和用情，外人是难以想象的。

心疼微漪！当我们再见面时，我情不自禁冲上去抱了她一下。她“啊”地叫了一声，是我不小心碰到了她的左臂弄疼了她。拉起她冰凉的手，我不知该说些什么。

亦风还没有从剧情中走出来，他说他的感觉只有一个字：累。他很想把自己放空一阵子，什么都不想。但“夜猫子”导演还是很享受在子夜时分翻一翻微博，看到粉丝留言时他瞬间觉得所有的累都值了。

“《重返狼群10周年特别纪念版》是对我编辑和剪辑技巧的考验，我们这部片子属于国际上流行的‘纪实剧情片’，我在真实的基础上选择了一个新颖的讲述方式，纪录片也可以讲出好故事。我把观众带入当初的情景中，感受格林的成长经历，引发共情从而关注格林未来的命运。我在导演技巧上倾向于只讲述故事，不过度强调自己的认知和情感，尽量隐忍克制，即使做不到冷眼旁观，也不去煽情，尊重观众自己的想法。但微漪抑制不住情绪的个别旁白和镜头，我也保留了，因为那是真情流露，难过了就是难过了，不必假装坚强。作为和格林共同度过了那段岁月的人，我们终究是无法置身事外的。”

十年后，我们还在

枪口下的狼生传奇

第十章

Chapter 10

一段段动人心魄的狼生传奇被拍摄、记录下来，使我们知道，格林并非绝无仅有的特例。是的，天下有情狼，不只是格林，但中国的格林最通人性。

完美王者21和它的灰姑娘

黄石国家公园，这片广布野生动物和自然资源的九十万公顷的土地上，曾经生活着成千上万头北落基山狼。但由于人类的大肆捕猎，到了二十世纪三十年代，美国除了阿拉斯加还见得到零星的狼影，狼基本绝迹，仅剩下体型类似狐狸的小型犬科动物——郊狼。

没有了狼，鹿群迅速繁衍，它们啃噬着树木和草地，导致白杨树锐减，进而使得以杨树为食物的河狸消失。同时，失去了狼群的镇压，原本处于弱势的郊狼逐渐占领狼群的领地，开始过度繁殖，使得作为其食源的啮齿类小动物大为减少，依赖同样食源的狐狸、鹰的数量也越来越少。动物生态失去了平衡，鹿群自身也陷入饥饿和疾病的困境中。

为了改善日趋失衡的生态环境，黄石公园决定引进野狼。“狼群再引入”计划从1995年1月开始实施，动物学家和黄石公园的工作人员从加拿大东海岸捕回六十六只麦肯齐谷狼，它们被逐一编号并戴上无线电项圈，先在占地几英亩的围栏区中过渡，适应三个月后，被分成几批陆续投放到黄石和爱达荷州的森林里。第一批被放归的有十四只狼，它们从此成为黄石公园的一道独特景观，开车经过那里的游人，也许会碰见正在过马路的灰狼一家。

写过《雷神》和《X战警：第一站》的著名编剧扎克·施坦茨（Zack Stentz）曾评价一只名叫21的公狼，称它是“佛陀和蝙蝠侠的结合体”，它的一生从未打过一场败仗，也未杀死过一个手下败将。

21的名字来自它颈上的项圈编号，它是第一批狼中9号和10号的孩子，它们的狼群有一个好听的名字——玫瑰溪狼群。阿尔法头狼10号是一个荷尔蒙爆棚、沉稳自信的狼王，但不幸的是刚来到黄石不久就被非法猎杀了，它的定位项圈发出了“死亡信号”，而它的伴侣9号的定位信号始终发自同一个地方，说明它正在待产。工作人员设法捕到9号，并把它运回到当初曾经待过的适应区里，很快，几只小狼呱呱坠地，9号成为六十多年来第一只在黄石公园传宗接代的狼。

在适应区的围栏外，一只年轻的公狼正含情脉脉地注视着9号和它的孩子们。当9号和它的幼崽走出适应区时，它很快接受8号成为它的新伴侣，这只年轻的公狼成了玫瑰溪狼群的阿尔法头狼。

8号是第一批放归的十四只狼中年龄偏小的一只，但它却有着非凡的胆量和高贵的品性。它尽心地履行着狼王的职责，耐心培养和陪伴它的八个继子，总是以族群的利益为重，从不躲避责任。尽管8号个头不大，但它屡屡神勇地击退来犯的其他狼群。一次，它打败了一只很大的狼，但它没有咬死对方，而是选择了宽恕，给对方一条生路。没有杀死已经被征服的对手，8号的自信和大度被年幼的21全都看在眼里。

天赋异禀的21本身就具备很多美德，它性格温顺，卖力捕猎却懂得谦让，总是先把自己的食物让给其他狼吃。从很小的时候，它就帮父母照看弟弟妹妹。它有敏锐的观察力，会照顾其他同伴的情绪，哪怕在生存最艰难的时刻，它都会留心弱者。它富有同情心，会跟性格乖僻的同伴交往，对狼族里到处惹事的同伴，也能做到仁慈。

它是整个狼群中最有领袖气质的“王子”。一岁半时，21已经长得英武高大，它离开家人，开始独立闯荡世界。它是一只有着明确目标的狼，很快，它就像它的继父8号一样，成为德鲁伊峰狼群的阿尔法头狼。同样，它也成为五只小狼的继父。

它的伴侣原本是一只性格有些乖张暴戾的阿尔法母狼，它的编号是40，因为它从狼群中轰走过自己的母亲和妹妹41号，又曾咬死过自己的幼崽，群狼暗暗酝酿着“政变”。终于，在它又一次欺负它的妹妹42号时，母狼们罕见地群起而攻之，合伙推翻了它。40号死后，它的妹妹42号被拥立为新的阿尔法母狼。

21没有参与母狼们的“宫斗”。42是一只温柔美丽的灰狼，它有一个好听的名字——“灰姑娘”。它漂亮安静，而且乐于助狼。

从此，21和它的灰姑娘这对“金童玉女”成为德鲁伊峰狼群的夫妻档掌门，它们一起抚养小狼，后来又生了很多孩子。21不光是一位能干痴情的伴侣，它还是一位慈祥的父亲。它主动陪伴小狼们，和它们追逐、玩摔跤游戏，最难得的是它会假装失败，好让小狼体会一下胜利的喜悦与荣耀。

由于21和42强大的协作能力，最辉煌的时候，德鲁伊峰狼群有三十七只狼，成为黄石公园最大、最知名的狼群。受到其他狼群挑衅时，完美的21从来没有落败过，它曾骁勇地以一敌六击败前来滋事的群狼。像它的继父8号一样，它击溃它们，却并不索命，好像它天生懂得克制与宽恕，崇尚一种高贵的英雄主义。

它曾宽恕过狼界著名的浪荡子302，这个被叫作卡萨诺瓦（借用了意大利探险家和作家贾科莫·卡萨诺瓦的名字，意为追寻女色的风流才子）的情圣302，四处游荡拈花惹草，经常让小母狼怀孕又不负责任地一走了之。因为卡萨诺瓦招惹过自己的女儿们，21狠狠地教训了它，但最后还是放走了这个“海王”。

黄石野狼的平均寿命并不长，但21和42是个例外，它们一生中有三分之二的时光是共同度过的，彼此非常依恋。直到有一天，42被别的狼群杀害了，21遍寻爱妻未果，它彻夜的哀嚎让山峦和森林都为之震颤。从此，丧偶后的21郁郁寡欢，对一切失却了兴趣，哪怕是需要它指挥的狼群狩猎行动。

几个月后，在德鲁伊山谷的最高峰，护林员发现21静静地长眠在一棵大树下，再也没有醒来。在此处，可以俯瞰整个拉马尔山谷，这里是它和灰姑娘带着它们的孩子们阖家嬉戏、其乐融融的地方，那棵大树承载着它一生最多的快乐甜蜜时光。终于在某一天，年迈的21用它最后的气力爬上最高峰，魂归故里。

21强大、温柔、仁慈、庄严的阿尔法气质，从此成为一个完美的传说，也成为黄石公园历史记忆的一部分。

黄石 She Wolf，没有什么不可能

黄石公园重新引入狼群后，大约有十个狼群瓜分着狩猎的地盘，这些狼群几乎都是夫妻档狼王，只有一个狼族的领袖是拥有异常力量的女当家，人们管它叫“She Wolf”，它比阿尔法雄狼还要骁勇善战，指挥并全程掌控着族群捕猎的节奏，它负责最后一击。它的狼群堪称黄石公园最强悍的狼群。

幼狼时期的 She Wolf 过着无忧无虑的日子，将近两岁时，它的父亲死了，这个狼群因此战斗力骤降，有的同伴出走，有的饥饿致死。为了避免近亲繁衍，才成年不久的 She Wolf 离开了它出生以来唯一熟悉的群落，独自踏上了寻找伴侣的道路，这是它新归属的开

启，是一个崭新的时刻，也将是它一生中最危险的时刻。孤独的它必须穿越敌对狼群的地盘，没有伙伴襄助，它只能凭借智慧和勇气求生，更多的时候，还需要上天眷顾，给它一些好运气。

它要忍受严冬零下四十摄氏度霜雪苦寒中的饥肠辘辘。总算熬到夏天，但猎物的体能也得到了补充和增强，狩猎变得更不容易，需要更多的耐力和技巧。天性剽悍的它不满足于只捕捉野兔之类的小动物，在它看来那些不过是聊胜于无的小点心。She Wolf 开始尝试追捕更大的猎物，艰苦的环境逼迫它必须变成一只卓越的狼。

通常独狼用几个月的时间就可以找到配偶，但 She Wolf 用了整整一年寻觅伴侣。直到有一天当它遇到两只年轻的公狼时，它选择了这对狼兄弟中年轻的那个。充满希望的春天终于来临，怀孕后的 She Wolf 依然独自狩猎，它的伴侣年龄只有它的一半，好像还是个少年，更钟情于玩耍嬉戏，依然没有狩猎觅食的意识，养家的重任全部落在 She Wolf 的肩上。春末诞生的四只小狼，更给它增添了巨大的压力和动力。

公狼挑战一头成年马鹿几乎是不可能完成的任务，但 She Wolf 用了一年时间苦练神功，居然可以做到像大型猫科动物一样独自猎倒重达数百斤的马鹿。马鹿逃到溪水里企图以水做庇护，凭借身高优势和奔跑速度逃生，一次、两次，鹿都在它的眼皮底下逃走了。但 She Wolf 毫不气馁，下一次还是紧追不舍左右腾挪地扑咬，鹿不停地用长腿踢着，想把它踢爆头，这一次它直接袭击马鹿的咽喉，令人难以置信的一幕出现了，倒在地上的居然是体格壮硕的马鹿。

用了两年时间，She Wolf 以非凡的智慧和毅力，建立起自己的王朝——拉玛狼群。它的伴侣终于成熟了，它的小狼们也成长为冬季围猎的后援。它带领群狼分几路呈放射状追猎马鹿，像一把逐渐张开的折扇，弧形包抄，直到把一头公马鹿赶到穷途末路——对着面前这个满脸茫然无计可施的大家伙，它们冷静从容地等待开饭。一片莽莽雪原中，秃鹫和乌鸦在半空中不疾不徐张着翅膀冷眼看着热闹，它们居高临下觊觎着横陈在地的马鹿，等着见缝插针分一块生鲜美味。

She Wolf 一边操心着整个狼群的生计，一边还要防范其他狼群的挑衅，它要保护它的九只小狼，而且必须捍卫它的领地，使其不被侵扰和占领。寡不敌众时它暂时后退，然后再审时度势绝地反击，痛下杀手抢回地盘。She Wolf 六岁那一年的冬季，马鹿数量骤减导致食物短缺，为了喂饱一家子，它决定以身涉险带领狼群走出黄石公园。一如往常走在最前面，它不知道黄石公园外有对野狼恨之入骨的猎人正调整猎枪准星等着它。终于，举世无双的 She Wolf 倒在了猎人的枪口下，在那个狩猎季，它是最后一只被打死的狼。

领袖凋零，传奇落幕，那颗无情的子弹结束了She Wolf 充满激情的一生。在它罹难后，它的狼群分崩瓦解，但没过多久，它的一个女儿继承了母亲的衣钵，将拉玛狼群剩下的狼团结起来，成为新一代“掌门”。像 She Wolf 一样，这头叫“中灰”的小母狼继续在这片土地上繁衍生息，用一种秉承自母亲血脉的顽强意志，续写着一代又一代黄石女狼王的不朽传奇。

阿尔卑斯 She Wolf，为母则刚

经历了几百年大规模捕猎后，到了二十世纪，狼几乎在欧洲绝迹。只有极少数与世隔绝的狼在意大利境内的阿尔卑斯山里幸存了下来。到了九十年代，狼群在消失了百余年后重现踪迹，它们长途跋涉穿越群山回到它们祖先生活过的这片土地上，重建它们新生活的家园。目前，在奥地利、波兰、保加利亚等国和卢萨蒂亚地区，野狼群并不罕见，据动物学家估计，欧洲狼群已恢复到两千只左右。

一只阿尔法母狼和它的伴侣带领它们的狼群生活在多洛米蒂山，它就出生在这里。冬季已近尾声，能猎到的食物少得可怜，狼王夫妇带领群狼艰难寻觅，发现猎物之后，群狼分成三队，像三支满弓射出的箭，很快将一头体力不支的牡鹿扑倒。几天没有进食的狼群终于可以饱餐一顿了。狼王夫妇还没吃上几口，它们的长子经不住美味诱惑，屡次不安分地争吃。狼王三次龇牙示意它要懂规矩，父子俩顿时有些剑拔弩张。这时来了一个不速之客，一头几百斤重的棕熊闻到了鲜肉的气息，从远处循味而来。棕熊是狼在阿尔卑斯山唯一的天敌。为了守住猎物，也为了在刚教训的长子面前捍卫尊严，狼王没有像母狼王那样选择退让观望，它明知自己不是棕熊的对手，但一直试图干扰熊进食，想声东击西赶走这个讨厌的庞然大物。

几个回合下来，运气不佳的狼王被棕熊重重地拍了一掌，脖颈和肩胛处渗出斑斑血痕，受伤后的狼王摇晃着倒了下去。群狼无首，狼群纷纷将目光投向狼王的长子，并且很快向其表示臣服。随后，这个新组建的狼群离开了这对正处在“至暗时刻”的狼王夫妇，母狼王眼睁睁地看着这一幕的发生，它站在原地纹丝不动。

狼群远去后，母狼王绕着伴侣转了几圈，俯下身温柔地舔着狼王脖颈肩背皮毛上的血迹，舐干净后安静地偎依在爱侣身侧。它之所以没有走，选择留下来默默守护和陪伴狼王，是因为它怀孕了。如果继续留在原来的狼群中，它和腹中未出世的孩子都将前途未卜，为此母狼王甘愿成为一只孤狼。

狼王最终伤重而亡，残酷的现实逼迫母狼王开始了它艰辛的旅程。它必须冒险离开它的故乡，千里跋涉去寻找一片新领地，在那里诞下小狼，并且养育它们成立新的狼群。

它离开多洛米蒂山一路向北，穿越了几座山脉后再一路西行跑向提洛尔山脉，然后再从提勒河谷出发由东向西穿越意大利，从克劳宾登州进入瑞士，再穿越圣哥达山和蒙特罗莎峰，经过马特洪峰山麓，最后来到法国勃朗峰。为了避免误入其他狼群的领地，一千多公里的路程，它几乎都是在山顶的皑皑白雪上行进，因食物稀缺而饥肠辘辘，但它还是每天奔跑几十公里，一路撑了过来，最终找到了一个干燥隐蔽的树洞，在这里它生下八只小狼，其中六只活了下来。更艰难的时刻来临了，它既要为自己寻找食物保证足够的乳汁，又要守住狼崽，以防御猞猁、狐狸等的突然袭击。

小狼们在母亲的怀里一天天长大，它们食量大增而且充满探索精神，狼妈妈在对小狼的教育中，既宽容放手又要教导这些幼崽辨识风险应对挑战。为了寻找更多的食物和更宜居的家，它带着孩子们再度穿越韦科尔高原和查尔特勒、埃克兰山脉，在拖儿带女的艰难行进中，为了喂饱六只小狼，它计划偷袭人类的羊群。它谨慎地一天天观察羊群周遭，无奈牧羊人和牧羊犬防范得无隙可乘，无计可施的狼妈妈只得放弃了掠食计划。

前行途中最惊心动魄的一次是它们误入了其他狼群的领地，一旦被发现就会有灭顶之灾。身后骤然响起枪声，像是听见一个信号，狼妈妈带着孩子们在田野里落荒而逃。七只狼一拖六穿越公路、村庄、河流，甚至是高速铁轨，它们还必须要躲避人。前途渺茫又无路可退。夜晚，一大六小呈一纵队奔跑在欧洲乡间古老的石板路上，宽宽的桥下水流湍急，站在桥上，狼妈妈机警地辨识着方向，远处灯火阑珊，偶尔传来几声汽车喇叭响。昏黄的路灯下，它们没有碰到人，但绝对不敢喘息片刻。

最后，长途跋涉超过一千二百多公里，狼妈妈终于带领孩子们穿过乌拜山谷，在普罗旺斯高地的山脚下，它们跑进了一个野生动物保护区。狼妈妈和孩子们终于可以在这里开启新生活了，尽管周遭依然充斥着凶险，但喜欢站在山巅远眺的它无所畏惧。

又一个冬季马上就要来临，它需要伙伴的援助才能熬过零下四五十摄氏度的极端天气。狼妈妈对着群山嗥叫，但它没有得到回应。它没有灰心丧气，每天站在山顶继续向远山发出邀约，几天后它得到来自另一个山谷的回应，一只年轻的独狼朝它浮水而来，在一个晴朗清冽的早晨，它们终于相遇了。这一对新组建的狼王夫妇从此都将不再孤单。这个新的狼群象征着绵延一千三百多公里的阿尔卑斯山的新生和希望。

这只阿尔卑斯 She Wolf 跑过的旅程，像极了嵌在阿尔卑斯山顶上的一个皇冠。这则堪称狼版“甄嬛”的故事，应是对“女子本弱，为母则刚”的最好诠释。

浪子回头的卡萨诺瓦

再回到黄石公园。

因为屡屡勾引小母狼，之后又不负责任地一走了之，情圣302落得个“卡萨诺瓦”的花名。从狼爸爸们对它咬牙切齿的程度看，说这只健硕英俊的花花公子是“海王”一点也不过分。

卡萨诺瓦“只爱美人，不爱江山”的潇洒也是一种狼生志趣。它高大俊朗却战斗力低下，且毫无责任感，甚至连捕猎能力都很差，常常偷吃幼狼的食物。明明可以好生修炼成就一番霸业，但它就是喜欢在求偶季节游走四方，播撒完爱的种子后，又抖一抖狼毫，不带走一只妙龄女狼。

它挑逗狼王21的女儿，被狼王轰走后，却总是试探性地只退至德鲁伊峰狼群的边界处。当21带着狼群移师时，它会“厚颜无耻”地不离不弃，一路跟着但始终保持安全距离。英勇绅士的王者21，也拿它毫无办法。

大半生都逍遥度过，它是黄石公园很多小狼的父亲。但就是这样一只“渣狼”，在它八岁时，终于还是拥冠加冕，成为一个狼群的阿尔法头狼。后来在两个狼群的一次决斗中，卡萨诺瓦悲壮地以一敌众，它的无畏和勇敢让其他的狼得以逃生，其中就有21的孙子和曾孙。卡萨诺瓦不惜牺牲一己之躯，救了那一场战斗中所有的狼。

人们最初谈到卡萨诺瓦时，都是笑着打趣它的各种风流韵事，但每每说到它生命中的最后一役，无不心生敬意。

老狼王洛波，西顿因它而改变

1898年，生活在加拿大的英国人欧内斯特·汤普森·西顿出版了《我所知道的野生动物》，一个多世纪以来这本书畅销不衰。西顿笔下的老狼王洛波在狼迷心目中跃动百年。从二十六岁开始出版动植物著作的西顿一生著作等身，他是全世界最著名的野生动物作家，这本书是其一百多部作品中最杰出的一部。

西顿天生喜欢冒险，从一岁起就痴迷于动物。他天生是当画家的料，还痴迷于植物和昆虫，年纪轻轻就成为博物学家，写过多篇学术论文。同时，他崇尚英雄主义，爱好狩猎，是十九世纪末加拿大著名的赏金猎人——猎狼。他喜爱观察和临摹野生动物，但对祸害农场主和牛仔生计的狼则一直没有好感。

1893年秋，三十三岁的西顿来到新墨西哥（1912年后成为新墨西哥州）的哥伦帕山谷，为朋友的牧场打狼。这只让当地农场主恨得咬牙切齿的狼就是大名鼎鼎的哥伦帕狼王洛波，这只横行哥伦帕多年的大灰狼，身形威猛，比普通狼大出许多，它经常带着几个身怀绝技的得力干将偷袭牲畜，它们的厉害让牛仔也闻之色变。为了剿灭它们，所有的牧人都绞尽脑汁，但无论是布下捕狼器还是巧投毒饵，这群有着惊人智慧的家伙就是不中圈套。有不少著名的猎人跃跃欲试而来，但最后都是铩羽而归。洛波的团队甚至机敏到认得猎枪，所以它们非常清楚怎样躲避人类。

凭借着之前三十年的动物研究，西顿对朋友夸下海口，说一个星期即可见分晓。他用骨刀切肉，把士的宁（一种剧毒的化学物质）巧妙地倒进肉里，并且消除了肉饵上的金属气味和人的气息，把毒饵分布在四个地方。第二天，三个地方的毒饵都不见了，他以为会很快发现横尸荒野的狼，谁知沿着哥伦帕山谷一路飞马搜寻，在第四块毒饵的投放处，他见到了被摞成一叠的四块毒饵。为了显示对他的蔑视，狡猾的洛波还在上面“布置”了排泄物。

第一回合过后，西顿知道自己碰到了一块“硬骨头”。觉得受到“羞辱”的西顿更加疯狂地布局，他在狼群经常出没的道路两侧设下许多捕狼器，但无论他怎样精巧地布局，次次都被洛波识破。即使他深埋捕狼器并把它们排成“H”型，洛波也能沿着自己前行的脚印一步步倒退着全身而退。

几个月过去了，你来我往暗战数个回合，西顿一无所获。

但著名赏金猎人岂是浪得虚名，此刻，他好像已经不是为了

赏金而战，倒更像是为了捍卫自己的荣誉奋力出击。一次偶然的巡视，西顿发现洛波恋爱了，它的爱侣是一只异常美丽的白狼，当地人给它起名“布兰卡”。西顿觉得这是千载难逢的好机会，他设下牛头阵诱狼上钩。活泼好动的布兰卡落入了圈套，西顿毫不犹豫地结果了它。他当时认为这是对这些狼报复的开始，洛波想营救布兰卡，但它当然知道猎人的枪正等着它。他发疯般地寻找布兰卡，绝望地哀嚎。绝望和焦灼让洛波失去了平日的谨慎，这让西顿看到了可乘之机。他更加周密地布置捕狼器，在通向山谷的道路上布下了一百三十个捕狼器，在这些张着“血盆大口”的钢家伙的周围，西顿还印上了布兰卡的爪印。

两天后，在涂满布兰卡气味的一处凹地，洛波被捕狼器死死困住，它的四足被钳住不得动弹，几条绳索绞作一团。它起来，想挣脱，失败，再起来，循环往复。因为饥饿、悲伤和愤怒，它最后筋疲力尽。但即使是被这样“五花大绑”，依旧没人敢靠近这个曾经的荒原王者。

西顿和另外的猎人们费了九牛二虎之力才把它制服。洛波放弃了反抗，但目光清冷毫无惧色，它只是远眺群山深沉一吼。但悲哀的是，没有回应。那一刻，它的王国和狼群已不复存在。

当西顿子弹上膛举起长枪时，洛波一动不动，琥珀色的双眼如同一汪深潭，无畏地盯住枪口没有丝毫怯意。面对这种视死如归的神武，西顿举枪的手放下了。他再尝试，之后再放下。在与洛波的对视中，西顿没有感受到胜利的喜悦，反而是内心充满失落，他的心徘徊在赏金猎人和博物学家的冲突中。看看洛波，再想想布兰卡，他心里忽然生出一种负罪感。他没有打死洛波，而是收起枪静静地走回他的小屋，他和身后的洛波都没有再多看彼此 一眼。

第二天黎明之前，哥伦帕的王者死了，洛波静静地趴在草地上，好像是睡着了，荒原就此沉静。

西顿把洛波和布兰卡的尸体安放在一起。从那一刻起，为它们的死，西顿开始感到难过和懊悔。从此，他开始以狼的视角作画和写作。他创作过一幅名为《狼群的胜利》的油画，是以狼的视角去描绘大自然，在当时引发了巨大争议。洛波死后的第二年，他写出了动物名篇《狼王洛波》，刊载后反响热烈。西顿从一名默默无闻的博物学家变成了声名显赫的野生动物作家。

洛波让西顿的人生开始发生改变，洛波之死深深地冲击着他的心灵，他开始意识到自然界中的每一种野生动物，都是一笔宝贵的财富，人类没有权力伤害它们，否则后代会陷入无法挽回的境地。可能当时连他自己也没有意识到，洛波之死和觉醒后的自己正在拯救美国的荒原。

西顿策马而行消失在落日下的哥伦帕山谷尽头，但从那一天开始，正被开发的西部荒原也掀开了崭新一页。西顿对荒原价值的重视得到了西奥多·罗斯福等政治家的支持，同时也引导了大众舆论，他呼吁限制狩猎和反盗猎，从而促进了更多国家公园和野生动物保护区的建立，推动了环保立法和野生动物保护法的实施。

西顿成为二十世纪最初的生态学者和环境保护运动的先驱。西顿活了八十六岁，在他后半生中，他一直致力于呼吁人们改善与动物的关系，改善与自然的关系。他鼓励家庭教育融入自然，建立“森林印第安人理想”团体，教孩子们野外生存技能和敬畏自然，于是数以万计十二岁以上的孩子走进森林和山区去露营。后来该组织与其他组织合并成为美国童子军，西顿是创始人之一。

一百多年来，西顿笔端精彩的动物故事和他丰富的人生阅历，感动和影响了无数人，重新把野狼引入黄石的道格·史密斯是其中之一，黄石公园的护林人里克·麦金泰尔是其中之一，中国人李微漪和亦风是其中的两位。

如上所述的狼生传奇，皆有文字或影像的记录。这些故事源自《狼21的统治》（里克·麦金泰尔著）、《野性黄石：女狼》（美国国家地理频道纪录片）、《庇护所：阿尔卑斯山求生记》（法国纪录片，BBC联合制作）以及《狼改变美国》（美国纪录片）等。在这些狼的故事里，我们真切地感到：竞争是各种物种在大自然中的生存法则，竞争无处不在；而大自然的另一项法则是相互依存，不同的物种之间，有竞争与对抗，也有妥协与融合。我们为这些故事里的狼所表现的出类拔萃的智慧和生存技巧深深折服，同时也沉浸在他们那特有的情感世界里。

而在格林的故事里，独特之处在于：降生伊始，他在人类世界里欢愉融洽地度过九个月美好时光，然后重返到野外的狼群之中。

与哥伦帕王者洛波、最强狼王21、黄石女狼 She Wolf 、阿尔卑斯山的狼版“甄嬛”相比，李微漪的狼儿格林不是最强悍的，但他通人性，是动物园以外为数不多的打过疫苗的狼，是爱吃老冰棍和西瓜、会自己用鼻子开电视、在电视里学会捕鱼的狼。用狼妈李微漪的话说：“格林受过现代化多媒体教育，他相当于上过网课，除了不会说话，懂得可多呢！”

格林让我们见识到了狼冷峻沉郁的外表下那热诚可爱的另一面。

天地间，一头牦牛把躯体还给了草原，为其他的动物延续了生命

『格林』童话中的狼性之光

第十一章

Chapter 11

微漪笔下、亦风镜头里的『格林』童话，犹如在我们面前立起了一面镜子，让人从中看到狼性中折射出的人性，以及教育的技巧和生存的艺术。

狼的字典里没有“臣服”

据说狼的智慧相当于四岁小孩，也有说狼的智慧相当于十八岁的人类，格林的脑子绝对倾向于后一种说法。他的诡计多端是从跟“狐狸”打交道时开始的。几天大的格林随微漪一回家，得先过博美犬“狐狸”这一关。

夹缝中求生存的日子难熬，格林抢了“狐狸”的羊毛垫，“狐狸”在格林喝的奶里放辣椒，输赢各半，扯平。“狐狸”看这新来的货抢了妈妈的专宠之爱，气不打一处来。

微漪想教他们一套动作，一共四步：伸左手，握手；伸右手，握手；转一圈；打个滚。微漪让“狐狸”先做，然后从裤兜里拿出一根肉干做奖励。格林呢，根本没看完，扭身回到沙发上趴着，好像满不在乎。

“你不学，就别想碰肉干。”微漪就把装肉干的塑料袋高高挂起。半小时后，貌似没动静，格林开始越来越频繁地抬头看肉干。又过了一刻钟，见微漪也坐到沙发上，格林挪了几步，一下把妈妈扑倒，一会儿拿鼻头蹭她脸，一会儿假装龇牙，就像小狼缠着大狼要吃的一样。

见微漪坐起来，格林噌地蹦下沙发，伸左爪，伸右爪，转圈，打滚，一气呵成，做完后绕到微漪的侧后方，用小鼻头顶了顶微漪刚才装肉干的裤兜。

妈妈得意地奖了他一根肉干。没等她发令，格林又做了一遍。吃完第二根后，格林还是没等发令，再做，但明显糊弄。微漪命令他必须做完，格林吊儿郎当地完成了，但随后亮出了命令的小眼神。

后来索性开抢，格林个头小肯定抢不着，拼不过就勉强再糊弄一下动作，微漪刚拿出肉袋子，就被他飞身抢走了，美颠颠地钻到床下大快朵颐。以后再想引诱格林重复那天的“表演”，休想了。

这个跟小狗差不多大的小东西，让微漪隐隐有了一种压迫感，狼跟狗的大不同在于他并不是不懂或是学不会，而是狼更清楚自己做每件事的目的性。“狼的学习能力跟智商和情商都有很大关系。当需要时，他才会跟你做那个动作，绝不像狗那样取悦和邀宠，他觉得那是自己挣来的食物，是计策得逞后的胜利。狼真是没有‘主人’概念的，你所有的命令对他而言，只是个建议。”

电大“函授生”格林

在《重返狼群10周年特别纪念版》第六集中，有一段是七个月大的格林发现一群秃鹫在啃噬一头死牦牛，他闪电般奔去轰走秃鹫，独自享用饕餮大餐。弹幕上不知谁发了一句话：“格林太棒了，格林应该上清华。”

除了微漪的启蒙教育，格林的很多本领都是从电视上学的。他会自己开电视，先用鼻头顶开电视侧面的电源开关，然后卧在沙发上用嘴点着胸前的遥控器，同一个功能键，碰一下是电视，碰两下是录像。他最喜欢《狼山传奇》。

在这部纪录片里，老狼维依柯带着小狼洛博从狼群中出走，两只伊比利亚狼穿越山脉、溪谷和公路，寻找属于它们自己的领地，

艰难跋涉中，小狼洛博向师父维依柯学习各项本领，其中就包括在溪水里抓鱼……

格林第一次隔着屏幕见识到自己的同类，才知道原来应该那样奔跑和嗥叫！原来水里的东西也可以吃！活学活用，开始行动，他打起了池塘里的锦鲤和草鲫的主意。因为有了新鲜的“下午茶”，晚饭吃起来简直索然无味。

后来在草原，格林发现隔离网附近的一块水洼里有鱼，就跑回小屋“顺”了块纱窗网，然后用嘴叼着网子，把两头挂在了隔离网的铁丝上，好多鱼被密实的纱网挡住了，格林还挑三拣四专择大的吃。因为吃饭不上心，妈妈几天后顺藤摸瓜发现了这块“失踪”多

时的纱窗网和他拦网捕鱼的秘密。

微漪他们听牧民说，若尔盖的狼之前是不捕鱼的，格林重返狼群后，正是这手在“电大”中学来的捕鱼本领让他受益终身，在2018年若尔盖大水灾期间，他带着狼群择水渔猎，从而度过了一次饥荒，狼群安然无恙。

有一技傍身，天灾也饿不死手艺狼。

掐七寸，一招翻身

当初在城市里无处容身的格林，被微漪带到了朋友老林的獒场。狼、獒本互为天敌，格林最终却和六只藏獒情比金坚。令人啧啧称奇的天团组合，是从不打不相识开启友爱模式的。

最初进獒场的时候，格林完全处于劣势，三个月大的小狼凭借本能迅速判定了头獒，然后上演“苦情戏”，讨好这位宽容大度、喜爱幼崽的头獒“皇帝”，得到大佬庇护，别的獒虽视他为异己却奈何不得。

藏獒每顿饭里有液体钙、鱼肝油、维生素、卵磷脂、鸡蛋、牛肉、狗粮，夏天还有一大勺酸奶，格林也吃这些。经过几天观察，他发现食盆里的牛肉都是被铺在最上面的，于是他先吃完自己那份牛肉，然后灵巧地钻进藏獒的笼子里，把它们的牛肉一口抢了，吃完就跑。先来个肉饱，再晃悠回自己的食盆前，拿垫底的狗粮当零食吃。看着眼前瞬间变素的一餐，藏獒气得咬牙切齿。从前藏獒吃饭都是安安静静地在笼子里各吃各的，有时候还因为挑食剩下很多。自从狼来了以后，藏獒们护食，每回抢饭都是“喊杀声”一片。

这样抢食容易出意外，饲养员尼玛为此很烦恼，也不知道谁给他出了个主意，说只要往食盆里掺几块鹅卵石，既能减缓犬类进食的速度，又能给狼以警告，因为狼如果抢到的是石头……如此几

次，他就会记住教训。

尼玛觉得有理，当天就跑到县城的工地上捡回了一麻袋浇混凝土用的鹅卵石。当晚，食盆中就加入了“防盗石”。

让人意想不到的是，狼嘴尖，鼻子一探就能灵巧地绕过石头，把肉拖走；而藏獒嘴阔唇厚，眼神也不好，为了赶在狼前面，还大口大口地咬，生怕自己少吃一口。结果就出事了，一只藏獒的牙被石头硌碎了半边，一嘴狗血。真真馊主意！藏獒是最冤的，被狼抢不说，还被人坑。

獒群怨气日盛，一定要收拾这个不守规矩、专门搅局的狼！

因为被藏獒们“修理”，格林使出了反击策略：不让这些傻大个儿喝水。他先挖了个只有自己能容身的狼洞，早晨饲养员刚放上水，他抢先喝饱，然后掀翻藏獒的水盆，再迅速跑回狭窄的狼洞。藏獒钻不进去，只能在洞口怒吼、干瞪眼，吼完了嗓子眼冒烟还一口水喝不着。浑身黑色长毛的獒场霸主们被渴了三四天，服了，再不惹格林了。

该示弱时假装㞞一下，然后深谋远虑找对方的“七寸”，掐住后一招翻身。

格林对黑虎的情

藏獒接受格林后，六獒一狼成了玩伴。经常是微漪喊格林时，一推开窗，几只藏獒的大脑袋也伸了过来。

亦风说：“你想象一下，六只巨大的藏獒，把小格林众星捧月般围在中间，黑色的藏獒集体卧倒睡午觉，远看像一片黑土地一样。微漪一喊‘格林’，正睡在中间那只藏獒身上的格林两只尖耳朵马上就竖起来，抬起小脑袋循声张望，就像黑土地上发了一棵小嫩芽一样，这个瞬间太萌了。”

遗憾的是，这组镜头没有被剪辑到片子里。“我电脑重装以后，这组画面怎么也找不着了，真是越在意的东西越容易失去。”微漪到现在都心有不甘。她的另一个遗憾是格林为黑虎舔伤的时候没有留下视频。

格林和藏獒打成一片后，格林跑，几只藏獒在后面排成一条线追。乍一看，特像一群黑帮追着个古惑仔。藏獒兄弟对格林能自由地在草场里捕鼠兔，然后腆着肚子晒太阳简直羡慕不已。

因为到隔壁草场捕鼠兔引起那家獒场藏獒的不满，格林被咬了。四个月大的格林只有二十几斤重，但他顽强反抗死死咬住对方。被几家獒场饲养员和微漪救下后，格林伤势很重，腮被咬穿，一颗獠牙折断，但他还是把“施暴者”的肉咬下了一块。

看着自己朝夕相处的“小兄弟”受伤，老林獒场的众獒不干了，他们和隔壁獒场的同类叫起阵来，对吼了几天，谁也不服谁的两拨藏獒猛撞獒场中央的铁皮墙，上演了一场恶战。

黑虎是最先冲向对方阵营的，这只威猛的黑獒平时并不怎么搭理格林，谁知关键时刻反倒是他“一獒当先”。受伤的格林几次想挣脱微漪去参战，硬是被妈妈按住关进了獒笼里，于是他就使劲撞铁栅栏，直到把前额狠撞出了一道印，这也是后来他双眉间有一个“天眼”伤疤的由来。

一小时后，獒场血战结束，被拉开的藏獒们两败俱伤。黑虎成了受伤最重的那个，它的腿被咬伤，耳朵被咬掉一大块。因为疼，

它变得异常暴躁，连饭也不吃，没谁敢接近它。

格林去了，用小小的身体趴在黑虎身上，用舌头为黑虎舔伤，黑虎安静了下来。整整一周，格林没有离开黑虎，就是反复地舔伤、陪伴，陪伴、舔伤。

很遗憾，那时还没有高像素的智能手机，也因为情势太急，微漪只用相机连拍功能拍下了一组珍贵的画面。

后来黑虎搭着“皇帝”被半卖半送，有人说是去了北京，也有人说是去了新疆。“有时候，一次分别就是一辈子的了。”说到这只有情有义的獒，微漪至今仍是感伤。

打过照面儿的都是朋友

看过《重返狼群10周年特别纪念版》的观众，无一不对格林牵马的镜头印象至深。

微漪在冰面上试探前行，格林叼着她的裤腿阻拦，微漪没听，没走几步，就踩到冰洞里，扭伤了脚踝。她坐在地上用对讲机呼叫亦风支援，小屋里的亦风转着长焦找微漪，忽然看到一个小影子在动。

微漪说格林跑了，让他别管自己，先盯住格林，怕山那头的牧民伤着狼，亦风就用镜头跟拍格林。

格林先绕到两匹马身边，被尥了蹶子后不气馁继续走，转到了另一匹老马跟前。不知道他们是怎么沟通的，格林用嘴叼起缰绳，一边走一边判断方向，缰绳掉了就重新叼住。四十分钟后，这匹穿着马甲的老马跟着格林走到了微漪面前。

狼牵来了马，微漪被震撼了，激动地从地上撑起身。格林还绕到她身后，站起来用两只前爪使劲推了她一把。如果不是有影像留存，估计不会有人相信这一个小时之内发生的所有事。

幸运的是，亦风拍下了这一切。他认为格林能想到调动第三方力量解决问题，还能请他的猎物来帮忙，这跨界的公关能力想一想都觉得不可思议。

车行草原

夏天拍摄时，亦风在荒原上一站就是几个小时，拍摄时一动不动，经常被蚊子扑满全身，等进屋时周身已是一片疙疙瘩瘩的鼓包，像蛤蟆精似的。

有一个夏天，他们车子的空调坏了，不制冷，草原烈日之下，车子成了烤面包机。他们不得不开回成都找4S店修理。但4S店调试了半天也查不出毛病。最后两人在川汶路口的一家小修车店碰上个老师傅，老师傅听他们讲完车况，嘿嘿一笑，拎起水枪走到车旁，蹲下身往底盘上的空调散热器上使劲滋水。一股黑浪从车底涌出，定睛一看，厚厚的全是死蚊子。冲洗干净后，亦风打火一试，空调制冷了。老师傅这才笑着说，从草原上下来的车多半是这毛病，蚊子太多了。

亦风车技好，胆子大，自信之余就老是看不上别人开车，但凡在路上看到车开得比较腻歪的，他就会嘟囔一句："是女司机吧？"微漪在副驾坐着就听过好多次。有时候他超车过去了，瞄到对方真是女的，还补一刀："你看我猜得没错吧！"微漪不吭气儿，忍了。

终于有一次轮到亦风打脸了。他开着越野车沿着接近45度的山坡行进。因为这斜坡不但陡，而且有很多的鼓包和土坑，稍不留神就容易侧翻，所以他开得比较小心，但也算是在这种路况上他力所能及的最快速度了。他正夸赞车子的越野性能，哪知道斜后方路更烂的地方，一辆拖拉机突突突突超车了，一尾巴的柴油味儿呛得亦风直咳嗽。拖拉机上那位牧民女司机回过头来，冲亦风展颜一笑后绝尘而去。越野车被拖拉机超了？还是个女司机！亦风闷着脑袋不说话了。

事儿还没完，亦风继续沿着拖拉机开过的车辙走，突然之间，就像船只搁浅一样，车子的底盘被冻胀丘给托住了。四个轮子使不上力，越是加油越是把轮子下的草皮旋得四处飞溅。两人下车查看，车太重，底盘稳稳地压在冻胀丘上，轮子只能空转。他俩一块儿把车上的重物全搬了下来，尽量让车架子升高一点。亦风再上车去开，还是开不动，就差那么一点。

微漪笑了：“你下来，让女司机来。”

比亦风轻几十斤的微漪顺利把车开出来了。关键时候还得靠女司机解围，亦风更哑口了。

车行草原，无遮无拦，太阳斜射的时候最是晃眼，迎着阳光开的时候亦风还可以放下挡风玻璃上方的遮光板，可是当道路转向，侧向太阳开的时候，亦风就只能抬起左手遮挡阳光。

微漪笑道：“你是孙悟空吗？”说罢将亦风前方的遮光板内侧卡扣松开，90度转向，滑到侧窗边，就挡住了侧面来的阳光。

亦风惊讶道："我开了这么多年的车，还不知道遮光板有这功能。"

"那是，女司机怕晒，自然懂这个。还有很多你不知道的功能呢。你是不是小看女司机了呢？"

打脸三次，亦风终于端正态度，诚恳地向女司机道歉。于是微漪又教他："你摸到方向盘上，手指边有很多凹凸痕迹，知道那是干什么用的吗？"

"是……增大摩擦力？"亦风不太自信。

"不，那是点字，方便盲人。"

"哦哦。"亦风连连点头。

直到他们到达了目的地，亦风才觉得哪儿不对劲："盲人能开车吗？"这家伙反射弧也太长了。

不过从那以后，亦风再不说"女司机"之类的话了，只说："咱仨里，我就比格林能干。"不过这话可能也说早了。

那些年，亦风开坏了三辆车。因为路况不好，车坏在半道是常事。

一天下午，亦风和微漪开车去镇上买东西，忽然觉得左轮很沉。下车一看，前轮爆了，得换胎。卸胎得用千斤顶，但草地太软，千斤顶支不起来。两人想法子的工夫格林跑了。眼看着时间一点点过去，亦风出主意：寻摸点儿沙棘，又抵渴又挡饿，万一回不

去，总得备些充饥。

两人往山坡上走，看见格林正往回狂奔，跑到他们跟前又马上折返，好像是要告诉妈妈爸爸前方有宝。两人好奇地跟了过去。

格林的脚下居然神奇地出现了一块一米多长、一尺多宽的石碑，微漪觉得有点像马路牙子的石条，亦风说可能是作废的界碑。玄妙的是，格林忙叨叨地绕着他俩和石碑转悠，貌似比他俩还激动。

顾不得太高兴，亦风钻进车里赶紧挪车，费劲地把车开到石碑附近。在这神物的支撑下，千斤顶把车支了起来。如果不是格林发现了石碑，那天晚上估计就得露宿草原，想想一片漆黑中的凛冽寒风，微漪暗自庆幸。

时隔多年，每每想起那个下午，亦风就念叨：“难不成这小子还懂修车吗？”

高调的“二当家”

刚到草原时，微漪和亦风住在他们搭的帐篷里，微漪一直把格林哄在怀中，怕他夜里跑出去碰上狼夹子。有时候格林偷偷跑出去，微漪就黑灯瞎火地把他找回来。可等妈妈一睡着，格林就又跑出去。

微漪说格林玩着玩着就像突然断电似的，咣当一倒，说睡就睡。到了晚上，来精神了，爱夜游“K歌”的天性开始显露。到时间就对着月亮嗥，没有月亮就半夜啃骨头，咔咔咔，咔咔咔，然后微漪梦里就全是狼啃骨头的声音。

再大一点，除非是夜间有捕猎计划，否则他也懒得动。微漪和亦风也顺应着他的这种作息，节省力气尽量一早一晚活动。巡山饿了马上吃几口，累了就席地而睡。

在草地上睡觉，如果不在脑袋下垫点东西的话，地上的红蚂蚁会往耳朵里钻，最稳妥的睡姿是像唐僧一样侧身而眠，用手把头撑

住。这个姿态时间久了手臂会发麻，微漪就在头下垫个背包，然后用外衣上的帽子把头护起来。

亦风呢，总想睡睡格林这个肉枕头。格林才不让他得逞呢！在格林的思维里，这个群体里妈妈是“女狼王”，自己是“二当家”，亦风是随时可被支使的“大头兵”。

等级地位不能小觑！“大头兵”想枕“二当家”，必须收拾他。于是亦风的耳朵和头发经常被小格林虚张声势地咬一通，威风过后，“二当家”乖乖跑回“女狼王”身边安稳入眠，打着称心如意的呼噜，挺香也挺响。

挨了欺负的亦风，甩一甩已经有些长的头发，看着不远处的“人精”和“狼精”，宽容地笑笑。咫尺之遥，他愿做他们的守护神，他特别享受这种被需要的感觉。

各自远行

“其实是天意，最后我们回到成都检查素材的时候，看到这组归队镜头，只有一个感受——勇敢。是这组镜头给了我们制作完成这部纪录片的勇气。”微漪和亦风异口同声地说。

看到狼群集结，格林紧张地在原地打转，眼看一队狼渐行渐远，微漪急得冲格林大喊：“瓜娃子还愣着干啥，还不赶紧喊，让你的同伴们刹一脚。”没见过十几只狼集结阵势的格林有些发蒙，只顾屏住呼吸凝神远眺。微漪催他嗥，格林情急之下把方言“汪汪”叫了出来。微漪急得眼泪都要掉下来了，她替格林狼嗥，试着挽留群狼。

亦风说他当时想拍微漪的特写，支好三脚架后，赶紧跑过去和微漪并肩站着一起喊。格林在他们脚下，激动着又有些无措，但巧的是他始终在镜头里转，而且始终是C位。远山的群狼真的停了下来，格林也开始从容地嗥叫，狼山上的群狼用各种腔调此起彼伏地回应着他。

九个月的等待，凝结在此一瞬。格林郑重地走到妈妈面前，微漪蹲下，轻摸他的头：“你真的要走了吗？”格林眼中泛出一层泪水，在微漪“走吧，走吧，走”的鼓励中他勇敢地迈开了脚步。

时近黄昏，格林夹着尾巴小心翼翼地走向狼群，群狼安静宽容地接纳了他。归队后，格林依然找了个C位卧下来。

亦风说：“如果奥斯卡有最佳走位奖的话，一定非格林莫属。看着他一步步跑向狼群，我紧张极了，这一刻我要是记录不下来，那真是太遗憾了。幸运的是，格林和狼群有大约五分钟的对视，双方都一动不动。这五分钟我刚好能准确对焦。除了天色稍微暗了些，一切都是无与伦比的完美。”

亦风抬手指了指天边：“刚才那夕阳就让我想起了格林走的那个傍晚。”

不知格林能否和狼群真正融合，微漪和亦风在格林走后一个月里一直“值守”小屋，万一格林回来了，还有爸爸妈妈在。直到弹尽粮绝，他们才开车下山。

在若尔盖县城看到卖狼牙、狼皮的，两人连一口饭都没吃，毅然重返狼山。多日的等待和苦寻后，终于拍到狼群打围，额上有“天眼”的格林被微漪一眼认出。十个月大的格林已经是打围的主力。

围猎成功。没等格林和他的同伴吃上几口，枪声响了，狼群四散。微漪那句熟悉的“格林快跑”被他听到了，他停住，稍惊诧，愣了几秒，最后机警地跑进了安全区。但他在很远的地方等待着什么。

微漪进了保护区，她喊格林，格林朝她冲过来。和妈妈分别四十天后，他们再一次亲昵地拥抱、击掌，没有片刻迟疑。

格林不会说话，微漪说不出话。

对讲机里，亦风说：“你把他带回来吧，外面太危险了！我们养他一辈子。”

微漪回了一句：“自由，没什么比自由更可贵！”

狼群也在等着格林，这次格林没有太多纠结，迅速做出了抉择。微漪抱了抱格林，就像是一次日常的告别。然后，他们朝着两个方向，各自远行。

微漪和格林心里都明白，他只属于草原。

十年

第十二章

Chapter 12

格林重返狼群后传，应该是一个关于离群索居、共赴劫难、狼王归来的故事，但微漪不忍心去想，也不忍心去写。

这个夏天，微漪的解压方式是画群狼像，画到得意时就翻一下我的牌子，告诉我这是谁谁谁，除了格林、辣妈、小狼们，我还认识了格林狼群其他成员——执法者七分半、育婴堂堂主元老，还有1号猎手伏地魔、2号猎手PUMA、3号猎手永动机、憨憨的平民开心果……格林的众位爱卿都是她给取的名。

七分半是这群狼中个头最大的，纪录片《重返狼群10周年特别纪念版》的花絮中有他走在马群中的影像。他个头跟一匹壮实的小马差不多，但他的“狼缘”不是很好，管纪律的差事并不那么轻松。

我特别好奇在行进的狼队伍中，狼王夫妇走在第几位，也好奇它们开饭时的进食次序。立秋之夜，凉风习习，电话那边微漪给我“开小灶”——

狼群的组织结构有点类似于原始的酋长部落，一等身份为狼王夫妇，紧接着就是元老、执法者。狼王需要智商、情商兼具，责任心、包容心兼有；执法者相当于副手、开路先锋、维持群内秩序的打手；狼群是尊重知识分子的，年迈的老狼往往是德高望重的元老，它能活到这把岁数就是实力。二等身份是猎手群，它们是奔跑速度和力量均处在最佳状态的年轻战士，是围猎的主力军。三等身份是草狼，包括实习期的半大小狼、刚入群的新成员和其他的老弱病残。而幼狼则暂不在成年狼的等级当中，半岁之前，幼狼都享有蹬鼻子上脸和随意抢食的特权。

狼群围猎，元老的经验和智慧非常重要。围猎前，元老往往会去实地哨探，确保没人、没危险，狼群才会倾巢而出。如果群中没有老狼，或者老狼走不开，狼王也会亲自出马去实地侦察。所以有时候看到格林独行，那很正常。

老狼当中能力高的处于一等身份，才是元老，能力低的处于二等或三等身份。狼群都是很照顾幼崽的。这种“幼有所养、老有所依”的组织架构跟人类原始社会的架构非常接近。

在以往的认知里，一个狼群中只有狼王夫妇有交配权，是不允许有别的伴侣存在的。但我们经过长期观察，发现并不是这样，当严冬或饥荒来临，成员少的狼群或许会合并，所以一个狼群中很可能会有另外的伴侣存在。

2014年，在格林狼群的领地中，有一只母狼跳越围栏时被铁丝倒刺挂在了围栏上，倒吊着挣扎。微漪他们叫来了保护区人员，他们麻醉了这只母狼，给她治伤的时候微漪顺便取了一点毛囊、血液的样本。奇怪的是，他们发现这只母狼的腹部松垮，是头年曾经生育过的狼。这让微漪不由得想起小不点的身世来。格林狼群中有一只最小的狼叫小不点，微漪他们从盗猎者手中救回小狼的时候，发现小不点的牙口看起来比其他小狼出生时间要晚两周左右。推算一下时间，小不点会不会是这只母狼的孩子呢？

回到成都后，微漪翻出从前的药箱，在药箱角落还有当初从小不点伤口上取下的纱布。打开另一个小盒子，那是格林小时候被高跟鞋踩断的一根小脚趾。微漪的好奇心和犟劲儿都上来了，脑洞大开要做个邦客DNA。几经周折委托专业人士，鉴定结果出来了：小不点跟这只母狼DNA近似度极高，但是跟格林没有血缘关系。

这个结论颠覆了他们以前一直认为的“狼群中只有狼王夫妇这一对伴侣”的观念。当然小不点的样本中掺杂有药物，也有可能不准确。但这就只有等待以后更多的科学佐证了。

听微漪这么一讲，再重新看一遍她画的狼，感觉她画的每只狼都风姿迥异，各具妙趣。啧啧称奇后，我缠着“狼学家”继续讲更多的狼知识——

在一个狼群中，狼王的尾巴是可以竖起来的。行进中的狼群，走在最前面的往往是最身强力壮的开路先锋，就是执法者，在格林的狼群里是七分半。第二个是元老，它需要探路，有时会超过狼王行进，有时也会紧随其后。狼王夫妇通常走在第二或第三位，后面

狼群围猎

跟着猎手群和草狼。翻山时还会有一两个草狼哨兵，留在山垭口打望一番。

围猎成功后，最先进食的是等级最高的狼王夫妇，后面依次按等级划分，狼群成员边进食边较量。如果发生争执，往往是母狼解决母狼的事，公狼解决公狼的事。“好男不跟女斗”的原则在狼群中奉行为本能，但是母狼可以教训公狼，公狼通常不还嘴。当一个狼群中的母狼发生“宫斗”时，公狼不参与。

狼群的架构大抵如此……

在野外的狼群中，几乎每只狼都有一技之长：有的擅长发现猎物；有的擅长追踪侦察；有的水性好，泅渡抓鱼有一手；有的听觉特别灵敏或嗅觉超常；有的善于与鹰、鸦等异类协作；有的擅长破坏陷阱；有的擅长用计谋掩人耳目盗取牛羊……狼群的成员之间关系密切，非常民主，没有“独裁者”或“暴君”，极少内斗。

但被人豢养的囚狼跟野生狼是完全不同的。野狼需要狩猎和与人周旋的智商、团结互助的情商、共同进退的纪律，以及各种野外生存技能，但囚狼不再需要这些技能，人类投食成了它们的生活来源，它们的生存规则就是一场“监狱风云”。谁能抢到更多的投食，谁就能仗着身强力壮称霸“监狱”。为了争食，它们甚至可以杀掉相对弱小的同伴，减少竞争。靠暴力高压而迫使同伴低头的狼，它也会竖起尾巴显示优越感，但其实它不能称作狼王，只能算作狱中“狼霸”。“狼霸”是没有感召力和凝聚力的。

被豢养的狼是没有安全感的，因为它们没有出路，没有择群的自由，每天在它们本应躲避的天敌（人类）的控制下生活。焦虑、抑郁、困顿使得它们心灵扭曲，形成了变态的统治方式。所以我们常说豢养的狼只是携带着狼基因的犬类，有狼的外壳却没有狼的灵魂和精神品质。将它们放归野外，恐怕是不现实的。它们缺乏狩猎等基本生存经验，而且由于不怕人或者憎恨人类，所以相比于捕猎野生动物，它们更有可能攻击人类这种更容易到手的猎物。而野生狼有着与人类数千年来相处的距离和分寸，它们有法则，有秩序，有狼精神，有狼灵魂，在生态平衡中负有不可替代的使命。所以我们要保护的是真正的野生狼，它们一旦消失，空出的位置是豢养狼无法填补的。

微漪用平静的语气说出的这番话，让我的心感到一阵阵滚烫的激昂。那些从文字中、从屏幕上认识的狼统统在脑海里过了一遍，一下和他们的“狼设”都对上了号。

“格林现在还是狼王吗？”

“不是，他退居二线了。”

十年来，微漪尽最大努力帮助着狼群，她甚至拿自己的钱贴给牧民。但她生活和工作的重心终归是在成都，尽管每年还是会预留出相当的时间回若尔盖，回去后狼儿子格林还会跟她捉迷藏，心情好的时候在妈妈的“领地”里晃悠两圈，狩猎忙的时候可能微漪这一次若尔盖之旅就见不着他。

微漪和亦风还是会带一些摄录器材跟拍他们，但近年都是断断续续的，格林的大部分讯息都是从牧民那里打听来的。一听哪个牧民说狼群打架了，微漪和亦风的心就一下提到嗓子眼。

“听泽仁说，有一次格林一家三口在吃他们晒在地上的奶渣，乔默在一旁摇尾巴，不报信也不管。泽仁觉得他们一定是饿极了，但泽仁跟我们不一样，他多少还是有点害怕，所以就躲在屋里不出来。”

微漪说得倒很平静，电话这头的我眼泪早就吧嗒吧嗒掉了下来。我突然想起来：“格林不是狼王吗，他怎么挨上饿了？”

“我最担心的是格林的安危和辣妈的二胎，但有一年，我们刚到草原，保护区的人就说：‘狼在山里面已经打了好几场架了，打得嗷嗷的，老远就能听见。有人看见最壮的那两只大狼打得最凶！你儿子该不会被打死了吧？赶紧去看看。’当时我的腿就软了，还是亦风一个劲儿地安慰我。”

微漪他们心急火燎地去找格林狼群，但始终没发现踪迹。没多久，有牧民告诉他们，不久前看见过格林，和另一只狼在捕鱼。对于妈妈而言，这就是最好的消息：他还活着。

“那他不再是狼王了吗？”

“可能他的狼群出现了内讧，有一年多的时间，都是他和辣妈带着飞毛腿在狼的边界和人的地盘之间夹缝中求生存，格林跟人打过交道，但辣妈没有，所以对她而言尤其困顿。后来他们就在两个村子的边界地带活动，界限是一条河，他们可以捕鱼，也有水源，我们在那里碰到过他们，但都是远远地对望。2018年，格林好像又是狼王了，因为有人看见他走在狼群里尾巴是竖起来的。那一年若尔盖闹水灾，牧民见他带着狼群在水洼处拉网抓鱼。”

“后来呢？”

“我们2019年见过他，在望远镜里，他走在狼群里的第二位，那是元老的位置。吃东西时，他就坐在旁边了。那时候他的身体可能出现了一点状况，他蜷在地上，用尾巴遮住头。就是因为这一眼，他的‘病退’状态让我和亦风有了危机感，我们商量赶在格林还活着的时候，为他整理出一个“重返狼群”的全集纪录片。”

“辣妈还活着吗？你是不是有点怕她？网友说你们婆媳关系难处。”

“活着。其实一开始我觉得她太泼辣了，但她后来让我很感动。她是那么相信自己的老公，无论出现什么变故，都是不离不弃跟着格林。”

我数次想问又艰难地咽回，最后还是忍不住开口：“格林和辣妈后来还有孩子吗？”

“若尔盖的狼窝必须是在半山坡处的洞穴里，要有逃生出口，要隐蔽而且远离人群，还要靠近清洁的水源。格林一家浪迹草原那两年，这样的地方是找不到的。那次泽仁看见他们吃奶渣时，辣妈的尾巴根处还渗着血，估计那年的孩子没保住，居无定所的游走家庭很难扩展。遗憾的是等格林再度重返狼群的时候，他已经八岁，盛年已过。”

听完这些，身上忽然有了寒意。九十分钟的语音电话，微漪讲完了，我合上手中的本子，记下了很多页。静夜无声，只听得见自己的心跳。我终于明白微漪不写《重返狼群》第三部的原因了，因为心会太疼。

忽然觉得眼前的一切都是轻飘飘的，唯独这几十页纸很重，它承载着格林重返狼群后一生的时光。沧桑十年，格林的每一天，可能是喜悦的、无奈的、悲伤的、愤怒的、否极泰来的，是连微漪都无法猜测的谜一般的每一天。安稳不安稳，都挺过来了。传奇入心，推开露台的门，置身星璨下，明月双照人，想着千里外秋风中的格林，想哭又哭不出来。

微漪笔下的草原新故事

第十三章

Chapter 13

微漪的那些牧民朋友跟城里人不一样，每隔一段时间，她就想回若尔盖去。不只冲着格林，她还向往那里的纯净和最温暖质朴的朋友情谊。

重返狼群是格林九个月大时完成的一次壮举。《重返狼群》是微漪写的书，《重返狼群10周年特别纪念版》是微漪和亦风制作的纪录片。我了解几重"重返狼群"背后的故事，但从未想到格林会在成年后有一段被放逐的流亡生涯，他携妻带子浪迹草原，终于绝处逢生再度重返狼群。到底是被达扎活佛庇护过的邦客，我甚至没法形容听微漪讲完格林重返狼群后传时那种内心涌动的复杂感受。

喜欢听微漪讲格林，也喜欢听微漪讲各种草原故事。2021年7月底，疫情再起，波及成都。但扎西坐了八个小时的班车从若尔盖来到成都，事先他没有通知微漪，到了温江附近才给她打电话，见面后先使劲端详微漪，一开口大家全乐了："李微漪，前几天在你朋友圈看你做手术了，就想来看看你现在是好的还是坏的。"见眼前的微漪确实是"好"的，扎西没待多一会儿就又往若尔盖赶了。为了这半个小时的"看一眼"，来回十六个小时的车程，他回到草原上的家应该是凌晨了吧。

回忆起泽仁，有一年冬季，惦记着微漪爱吃羊肉，就宰了一只羊，拿大麻袋装上，扛着麻袋赶班车到成都。一路上，车上的人看见他长得凶悍，麻袋又血淋淋的，都不敢问他装的啥。到了成都，他也是放下麻袋就走了，没多说一句话。

我们常常开玩笑说，现在城市里不同城区都算异地，能赶三个小时的路程来见一面的，那都是过命的交情，那草原人的情谊又怎么衡量？

微漪的那些牧民朋友跟城里人不一样，每隔一段时间，她就觉得该去若尔盖了，不光是冲着格林，草原可以让她释放压力，那里有着天地间最好的故事和温暖质朴的情谊。

故事一：与狼打交道的老一辈

巴老头原名叫巴特尔什么什么的，名字忒长记不住。在藏地，这属于非主流的名字，如果叫巴阿爸也忒拗口了，大家索性就叫他巴老头。老爷子有蒙古血统，今年快八十了。我是2013年认识他的，因为一只狼牵的线。

那年，我们回草原为了寻找格林，弄了不少死牛、死羊、死马在狼山附近投食，想引狼群来吃，可是狼群防备心很重，瞧不上我们的投食。后来，牧民送了一只顶架受重伤的羊给我们打牙祭，我剥了羊皮晾在小屋附近，谁知道一只母狼偏就瞧上了这玩意儿，瞅个机会把羊皮给拖走了。再后来这狼披着羊皮潜入巴老头的牧场，把一只羊给吃了。

那几天巴老头到处给人讲披着羊皮的狼的事，牧民们不信，还笑他眼花，说他那眼神是“三十米外雌雄同体，五十米外人畜不分”。唯独我和亦风听了以后，证实了确有其事，因为那粘着狼毛的羊皮正是我剥下来后被狼拖走的那张。

巴老头如遇知己，连声说：“这呼很（蒙语“姑娘”）有意思。”然后拉我们去他家里喝茶吃奶豆腐。他对别人起初嘲笑他的说法还挺不服气的，说：“你别看我一把年纪，视力不好了，可我身体倍儿棒，牙也好得很，你看……”说着撸起袖子，在手臂上大咬了一口，给我们展示那两排整齐的牙印。不疼吗？这波豪横的操作，让我们措手不及。老爷子大概是看出了我们的意外，笑道：“我可不能掰开牙齿给你们看，牲口才那么看牙口。”这么说也有道理。

巴老头喜欢跟年轻人交往，不爱跟老年人说话，他觉得那些老头儿、老太太聚在一块儿总是谈论生病医疗、这儿疼那儿疼的话题，还总是追问他血压如何、血脂怎样、心肝脾肺腰子……总之要把他问出点毛病才甘心。他觉得年轻人的话题才有朝气，他尤其喜欢听他们聊走南闯北的旅行见闻，那些他没去过的地方：大堡礁、喜马拉雅、北极……当听说在北极重量值会变大时，巴老头脑洞一开：“如果你带点金子去北极，不就变重了吗？旅游的费用就赚回来了。”咦，没想到老爷子还挺有经济头脑。

“巴爷爷，在北极秤砣也变重了呀，称出来的斤两一点都没变呢。”

“哦，也是。”

年轻人吸的是香烟，老爷子抽的是烟袋。有个小伙伴给巴老头敬了一支香烟，让他尝尝。巴老头也不推辞，点着了叼在嘴里，在热腾腾的火炉边坐下，吸了两口说：“这哪叫烟啊，劲儿也太小了，嘴里跟没东西似的。”说着，扯条毛巾擦了擦额角的汗，顺手就脱套头毛衣。可烟还在他嘴里叼着呢，被套头毛衣一块儿拢在了脸上，只听嗷嗷几声叫，毛衣领子里甩出几点火星……

给巴老头送烫伤药的时候，我不好意思看他的红鼻子，只好低下头，用手指摸着下巴，尽量把嘴角往下捋，尴尬而不失礼貌地递过药去。巴老头接了药一咧嘴：“你想笑就笑呗，憋着干啥？你们有几个小青年，背地里叫我‘巴逗’，别当我不知道。”我抿着嘴哧哧笑起来。

巴老头的确有点逗。他挤牛奶的时候，因为下手比较重，老是被牛踢。于是他不知道从哪儿搞来一个半米直径、一米高的大铁桶。老头把桶底掏空，桶面上挖了洞，人钻进去，把头探出来。铁桶两侧各弄出两个圆孔，可以伸出两条手臂来。这样全副武装靠近牦牛，牛蹄子就“当当当”全踢在铁桶上，一点伤不着他。我们管这项发明叫“牛盾”。巴老头正得意的时候，牦牛却来了个扫堂腿，攻他下盘，把他给撂翻在地。老头在铁桶里爬不出来，顺着草坡滚下去十来米，才被小青年们拦住。大家拽他的脚，把他给拖了出来。从那以后，“巴逗”这绰号就叫开了。

巴老头鼻子上被烟头烫起的水疱一个多星期才消下去。从那以后，老头再没接受过别人给他的香烟，他觉得“后劲儿”太大了。

巴老头也并非次次都被牛“碾压”。他也有不少对付牦牛的独门绝技。就拿赶牛上车来说吧。牧民迁场的时候，如果距离近，就赶着牛群走；可如果距离远，就得一卡车一卡车地载着牛群走了。人力比不过牛劲，赶牛上车是个让人头疼的事儿。寻常牧民往往在卡车后车架上搭几块结实的木板，弄成一个斜坡，几个人分工牵绳、拽角、推举、吆喝，大伙儿合力顺斜坡把牛赶上车去。但巴老头不这么蛮干，他会使巧计。

巴老头从不用木板搭斜坡，他先把牦牛牵到卡车后面，再把牛的两只前蹄抬起来，搭在后车架上放稳，然后绕到牛身后。还没等牦牛反应过来，老爷子撩起牛尾巴，抬脚照着牛腚眼，一脚尖钉过去，牛本能地两臀一夹，挺身而上！对其他牛也如法炮制，老头只需一脚，牛自己就上车了。亦风觉得这是个妙招，也学着老头的样，去踢牛屁股。谁知道牦牛的毛太多太长，长毛掩映下，牛腚的轮廓不好拿捏，亦风一脚踢滑，差点一头撞在牛屁股上。还好他及时止步，低头再一看，脚面上是一坨热烘烘的牛粪。

算了，这招我们学都学不来。巴老头听我们讲外面的世界，我们听巴老头讲草原、讲过去，各取所需。

巴老头小时候在内蒙古草原长大，十来岁时还当过猎人，后来到了若尔盖这边。因此，他对两地的草原都挺了解。他和动物打了一辈子交道，把这草原上的动物琢磨得很透彻。

在若尔盖，狼群的求偶期通常在12月底到来年的2月末，母狼的孕期是六十三天，小狼通常在每年四五月间出生，所以若尔盖大多数狼都是白羊座的。通常情况下，母狼一胎可以生育四到十只小狼崽。老牧民们告诉我们草原上有个规律：如果某一年狼生的狼崽多，那么这一年的年景就会比较好，风调雨顺，畜牧兴旺；如果某一年狼生的幼崽少，只有三五只，甚至更少，可能那一年就会有灾荒。

就拿2013年来说，格林狼群只养育了四只幼崽，老人们就有所担忧，这一年可能会不太好。果然，七八月间，一场大暴雨淹没了草原。水灾后又是口蹄疫。2015年，狼群生下了八只小狼，那一年就没什么自然灾害。

狼似乎成了先知，为什么呢？大致上想来，牛羊等食草动物多，小狼断奶以后的成长期能获得充足的食物，春夏季节的食物足够养活当年的小狼。但狼又怎能在冬季就预知将来这一年的食物是否充足，从而提早搞好计划生育呢？

巴老头解开了这个谜题，他观察了很多年，发现在冬末春初羊群接羔的季节，狼总是喜欢在羊群停留过的地方转悠，却并不是为了猎杀刚出生的小羊，而是在寻找一样营养价值高的东西——羊胎盘。母羊生下小羊后，会舔吃掉羊羔的胎衣，而胎盘往往丢弃在草原。这是孕期母狼的特供补品，母狼吃了羊胎盘，是否能美容养颜不知道，但肯定营养够、奶水足，肚子里成功发育的幼崽就多；反之，如果母狼在孕期缺乏营养，在狼妈妈肚子里就会进行第一轮的优胜劣汰，弱小的胚胎会停止发育被母体吸收，因此生出来的狼崽就少。虽少却精，因为小狼们在母狼肚子里就开始竞争了，只留下最强壮的小狼，因此灾荒年间出生的小狼往往都是厉害角色，最严酷的环境造就最狠的狼。

而羊胎盘的多少又取决于雪融后第一轮的草质，水暖鸭先知，草好羊先知。草情好年景自然好，羊吃得饱，生下更多小羊，狼吃得饱，生下更多小狼。生态调节，这就是内在联系了。

2016年初，我们就在巴老头的指引下见证了一只公狼在牧场上东奔西跑，为它老婆收集羊胎盘，一个个叼到母狼面前。而母狼则悠闲地蹲坐在围栏边，看着公狼忙活。这活儿虽然不像捕猎那么费力，但行动也得快速，因为还有好多草原狗也眼馋这口美食，往往会抢先一步。公狼不让母狼亲自觅食，大概也是避免和狗群起冲突，怕伤着肚子里的宝宝吧，公狼都是“宠妻狂魔”。

巴老头的牧场上长期出没的狼有三只，它们结成一个小群。有一回，我在他牧场上发现牛群有异常反应，赶紧跑去查看。牛群在发现有狼的时候会聚集成一团。果然，在一片一百多米长、三十来米宽的积雪上，我发现了狼群刚留下的三行足迹，巴老头也赶过来看。我认为狼群顺着爪印的方向往北跑了，想往北继续追踪。巴老头却摇头说："不是三只狼，这就是一只狼留下的脚印。"何以见得呢？一样的"鞋码"吗？老头指着雪地旁边的草倒伏的方向："你仔细看，就是这一只狼跑过这片积雪以后，又从旁边的草地上绕圈回来，留下第二行脚印；再绕一圈，留下第三行。它搞了个迷魂阵，让你觉得有三只狼跑远了……不好！"巴老头突然站起身来，匆匆赶回羊圈。

晚了一步，另外两只狼已经趁着第一只狼把我们引开的时机，偷摸入羊圈，把一只肥羊掏肚后扛走了，只剩下一大堆羊肚草包丢在圈中。

声东击西玩得溜啊，这群鸡贼的狼！

巴老头对狼的直觉特别准，我曾经动员老爷子加入保护动物的行列中来，老爷子眯着眼睛吧嗒着烟袋呵呵笑："我都属于濒危品种了，跟着你们年轻人跑，你们还得先保护我，麻烦。我守好我这片草场就行了。你们要爱上我这儿来，我就跟你们唠嗑。你要跟我聊动物书本知识，什么门纲目科属种、拉丁文名啥的，就自己去查书，我能跟你聊的都是野外观察到的和我经历过的。”

成！这才是最宝贵的“前线”资料啊。

姜戎老师，《狼图腾》的作者，我们叫他“老狼”或者“狼爸”。大概从1967年开始，他作为知青在内蒙古草原生活了十一年。在那期间，他养过一只小狼，对狼和草原有着深厚的感情。他钻过狼洞，掏过狼窝，与狼战斗过，也与狼缠绵过，并在《狼图腾》一书中，记录了那个特殊时期的草原生活和那时壮美的草原生态。他描述了如诗如画的天鹅湖、芍药谷，多如繁星的黄羊，动辄几十只聚集的壮大狼群，以及狼马大战的恢宏场面。

现在狼几乎绝迹的内蒙古草原，遍布矿坑，沙尘漫天，野生动物难得一见，更别说搜寻黄羊了。这还是他书中的那个天堂草原吗？是不是有点夸张啊？

初见老狼时，我忍不住问他：“四十年前的内蒙古草原，真的那么美，有过那么多的狼群吗？”

老狼不无苦涩地说道：“四十年后，不，也许十年以后，人们会问你同样的问题。”

2010年，我踏上了若尔盖草原。那时的若尔盖草原环境还好，湿地草原的核心区叫作黑乔，名副其实的无人区。那时的地图上没有标注这个地区，只有少数老一辈的牧民才知道这个地方。我在这里生活、体会，慢慢咀嚼着老狼的话，也用影像和文字记录着在这片草原上的所见所闻。我写下了这里繁殖季里漫天飞舞的鸟类，遍地的鸟巢、鸟蛋，狐狸，狼……而今，十年过去了，读者给我留言："我们在夏季去了若尔盖，除了贴地的矮草、鼠兔和偶尔飞过的几只鸟外，啥也没看见……只有夕阳还是一样的。您笔下的美景是不是有点夸张啊？"

唉，老狼预言成真啊！我这才体会到他那时难以言说的苦涩。

我和亦风曾约老狼有机会一起去非洲，那里有成千上万的角马，浩浩荡荡，是世界上最壮观的动物大迁徙。

老狼苦笑道："当年，内蒙古草原的黄羊何止成千上万，远超非洲动物大迁徙的规模。如果中国保护好了，何用去羡慕非洲啊！"

那么多的动物都去哪儿了？后来我们在巴老头口中，进一步了解了动物消失的过往。

其实，早在1950年中央人民政府政务院就规定古迹、珍贵文物、图书及稀有生物保护办法，并颁布"古文化遗址及古墓葬之调查发掘暂行办法"的命令，其中首次提出了要保护珍稀野生动物，明令不得任意猎杀野生动物，但随意猎杀野生动物的行为从未停止。因为那时的中国刚摆脱战争的蹂躏，工业、农业基础薄弱，贫穷落后，人们自己都吃不饱，根本顾不上保护动物。更何况在牧区，捕猎野生动物也是获取生产生活资源的重要方式。肉食、毛皮、鹿茸、麝香……不仅有助于改善人们的生活水平，更能换取外汇。那些年，野生动物制品由供销社、土特产商店进行统一购买和销售，野生动物捕猎和销售大体上是在政府的组织和管理下进行的。1950~1970年，全国收购野生动物皮毛达289 000 000张。自己数零吧，没错，二十年时间收购近三亿张皮毛，还没有包含民间自行猎杀处理的动物。不仅如此，木材砍伐、矿产开挖、向湿地要农田等等举措，也吞噬着野生动物原有的栖息地。这就是《狼图腾》时代的动物迅速消亡的原因。

姜戎老师对我的影响就是不要怕路有多长，坚定地走下去，腾格里（蒙语“长生天”）不会亏待努力的人。他的《狼图腾》，打了三十年的腹稿。路有多崎岖漫长，我们无法决定，但我们可以决定走或不走。若走，就走到底，不要怕，不要想，不要退；可以回头看，但不要往回走。

狼作为陆地上曾经分布最广的顶级食肉动物，也是与人类争夺畜牧资源矛盾最尖锐的物种，遭到大规模猎杀，在全国绝大部分区域都销声匿迹。如今只在青藏高原等极少数地区还能零星看到一些。巴老头从十来岁起也参与过“打不尽豺狼决不下战场”的灭狼运动，捕猎狼和黄羊。他告诉我们，《狼图腾》中所描述的大规模捕猎的场景都是确有其事的，尤其是人们围捕黄羊。黄羊是内蒙古草原上对于毛色偏黄的几种“羊子”的统称，其中以蒙原羚和鹅喉羚为主，其他如藏原羚和普氏原羚在那里也被称作黄羊。在二十世纪五十年代初，蒙原羚曾经广泛分布在中国、蒙古国和苏联等地，在内蒙古草原，有五六十万只，它们集群迁徙的盛况比起非洲大草原的角马迁徙有过之而无不及。这天然肉库自然吸引了大规模的围猎。

巴老头说：“当年，我们开着大卡车，带着军用步枪，在草原上追逐成群结队的黄羊。那时我十八岁，正遇到三年困难时期，全国上下都没吃的，我们一家就靠打猎黄羊、卖黄羊皮躲过了饥荒。如果运气好，猎到了狼，我阿妈就用狼皮给我缝件过冬的袄子。那时黄羊之多，别说一枪一个了，就是追上羊群，提着套马杆，都能把黄羊拽上车来。几十年后黄羊就几乎绝迹了，只在锡林郭勒和呼伦贝尔还残留了一些，但也很罕见了。”

肯定罕见啊，到二十世纪末，中国境内蒙原羚只剩下八千只了。从六十万只变成八千只，这是怎样高强度的屠杀？而中国境内最初有多少狼呢？作为曾经的“害兽”，没有人去统计过狼的数据，直到2020年7月，狼保护站成立以后统计，境内仅存野生狼约两百只了。

中国狼有可能灭绝吗？是的，中国的野生狼群已经濒危，完全有可能灭绝。在世界上，狼种灭绝已经不是先例。

就不说“恐狼”这种太久远的物种了，只举几个近百年来灭绝的、比较有代表性的狼种吧。

近代史上体形最大的狼——基奈山狼。它们曾经生活在美国阿拉斯加的基奈半岛，身高达一米，体重可达两百斤，从头到尾体长超过两米。这种狼个体战斗力很强，习惯群居，最大的群体在百只以上。基奈山狼的生活习性与现代狮群类似，由一只公狼统领，母狼们狩猎和哺育后代。它们居住在核心地带，其余公狼则在外围流浪守卫。它们主要以麝牛、驼鹿等为食，饥饿时也可以植物根茎充饥。英国人到达后，视其为邪恶的象征，有组织地进行猎杀。1915年，最后一只基奈山狼被猎杀。

世界上体形最小的狼——日本狼。日本狼曾经分布在九州、四国、本州的丛林里，群居，擅嗥叫，特别是日落时分，一般会群体吼叫，被当地居民称为“吼神”。十九至二十世纪，因为它们狩猎家畜和野生鹿群，日本进行了有组织的灭狼行动，导致狼群灭绝。日本狼消失后，野鹿等动物大量繁殖，森林遭到破坏。

最呆萌的狼——南极狼，曾经生活在南美洲马尔维纳斯群岛上，也叫福克兰狼。因长相呆萌，号称狼中哈士奇。呆到什么程度？据说，猎人一手拿着羊肉，一手拿着棍棒，就能把它骗来敲死。1833年，英国政府从阿根廷手里夺取马尔维纳斯群岛，随后，与当地世代猎狼的牧民一起对狼群进行了灭杀。1875年，南极狼灭绝。然而，马尔维纳斯群岛上的居民并没有受益，没有狼的控制，草原上兔子、老鼠等动物大量繁殖，草场退化，很快就不适合放牧和居住了，他们不得不沦为英国城市中的打工者。

最有仙气的狼——纽芬兰白狼，曾经生活在加拿大纽芬兰。纽芬兰白狼体态优美，全身洁白无瑕，宝石眼，仿佛从天界下凡的神兽，被称作“梦幻之狼”。它们身长近两米，体重约七十公斤，是一种巨型狼。它们忠诚于伴侣，终其一生一夫一妻，不结大群，只以小家庭为单位生存，力量薄弱、食物短缺、皮毛美丽，最终使它们走向灭绝。从十九世纪八十年代开始，加拿大人口增加迅速，狩猎加剧，大量的野牛、鹿、羚羊、野鸡等动物被猎杀。白狼的皮毛成了最诱人的战利品。1911年，梦幻之狼回归天界。

狼中“夜华”——佛罗里达黑狼。它们喜欢夜行，因此总是穿一身玄色“夜行衣”。它们性格温顺，以家庭为单位觅食，捕食野兔、老鼠、野鸡等小型动物，特别喜欢吃河狸，对控制河狸使其不致毁坏森林有很大的贡献。原住民自称狼族，视黑狼为神兽。白人移民者到达之后，以武力强迫土著信仰仁慈有爱的基督，不服从就被屠戮，他们对佛罗里达黑狼以“基督之爱”的名义进行灭杀，并视它们为邪恶的异说的象征。1917年，最后一只狼中“夜华”应劫了。

最传奇的狼——新墨西哥狼。西顿笔下为爱殉情的狼王洛波便是其中著名的狼群首领。它们曾经是新墨西哥草原上顶级的掠食者。由于大量移居的白人不断侵占它们的领地，用以放牧，狼群的生存空间被挤压，狼群与畜牧者之间的矛盾愈发尖锐。欧洲白人给新墨西哥狼扣上小偷、强盗的帽子，悬赏猎杀。随着传奇狼王洛波的自尽，1920年，新墨西哥狼宣告灭绝。

耐力最佳的狼——喀斯喀特棕狼，曾经生活在美国和加拿大共有的喀斯喀特山脉，它们可以连续几天追踪猎物，不眠不休，却最终躲不过拥有现代武装的猎人。1950年灭绝。

夕阳之狼——得克萨斯红狼，它们曾经生活在墨西哥沿岸。暗红色的皮毛仿佛把夕阳最深沉的温柔披在了身上。野兔、河狸鼠、田鼠、鱼、昆虫和浆果是它们的主要食物。农业开荒、栖息地丧失、大量猎杀致使它们少到几乎难以寻找到伴侣。1970年，最后一只得克萨斯红狼孤独地死在得克萨斯离墨西哥不远处的海湾，把最后一抹红色还给了夕阳。

狼界的哆啦A梦——袋狼。最后才提到袋狼，其实有点犹豫，该不该在讲狼的篇幅里提到这个四不像。但是问起袋狼的读者很多，那就一并说说吧。袋狼是一种比较古老的生物了，科学界对于它的分类至今仍有争议。

袋狼的脑袋、牙齿和体形像狼，但是打个哈欠，它的嘴可以夸张地张成一百八十度，仿佛蟒蛇一般，这特殊功能实在让其他正宗的狼惊掉下巴。袋狼的背上又有虎皮般的条纹，于是又被称为塔斯马尼亚虎。看这猛兽双拼模样，是狼劈了腿还是虎出了轨？别忙，再看看肚子，它居然还有一个袋鼠一样的育儿袋，只不过是向后开的。如果袋狼真分类为狼了，那一定是狼世界的哆啦A梦。而动物学界争论多年，更倾向于把它归入有袋类。

在西方殖民者到达大洋洲之前，袋狼曾经遍布澳大利亚和新几内亚地区，殖民者到达后，携带来的狗被野化，成为澳洲野犬，新的掠食者取代了袋狼的地位，袋狼又被人类大量猎杀。数年后，只有塔斯马尼亚岛上的霍巴特动物园还留存了最后一只袋狼。可惜，1936年9月7日，由于动物园管理疏忽，最后这只珍奇异兽在笼中被暴晒而死。从此，袋狼成了永远的传说。

近代几乎所有动物的灭绝，都离不开一个“人”字，中国野生狼群的命运又将如何？

故事二：吓狼好主意

牧民洛桑的牧场山头上有一群狼，狼群不大，最多的时候也就看见三五只吧。据他说，那群狼经常在他的牧场里转悠，探头探脑的，现在是春季接羔的关键期，得防患于未然。

洛桑之前去农区走亲戚的时候，看见麦田里插着稻草人，大受启发。他脑瓜一转，想出了一个吓狼的好主意——他也要做一个稻草人来看守牛羊，让那群狼不敢来。不过，庄稼是原地不动的，直挺挺插在田里的稻草人吓唬吓唬鸦雀还管用，牛羊却是满山游走的，几千亩的牧场，如果按一个稻草人管三亩地来算，那得插多少稻草人啊？够得上一个团了，那么多的稻草人，跳广场舞倒是挺有声势的。

反复想了好几夜，他把这个方法给改良了。他牵来一头驮牛（牧民驯养来专门驮运物品或供人骑乘的牛，一般比较温顺），他仿照稻草人的做法，用两根木棍扎了一个十字架，用大把的枯草把十字架捆填得丰满些，固定在牛背上。戴上毡帽，围上遮脸的围巾，拿来自己的袍子给十字架“穿上”，乍一看还真像一个人骑在牛背上。这牛就可以驮着假人跟着牛羊群满山巡逻。

点子是不错，不过我看了也只是“呵呵”：“你这玩意儿骗不了几天吧？”

“骗一个月总没问题的，”洛桑很有信心，“这下我就能解放出来，去县城里打牌了。”

洛桑这个人除了好赌之外，人还是不错的。草原上没有太多娱乐项目，这里半数的男人都喜欢赌，有赛马活动的时候赌个马，没有赛事的时候，就三三两两约着打牌，赌得还挺大。听洛桑说他曾经赢了一串三斤多重的粉红珊瑚。虽然我也估不出那个价值，不过感觉不便宜。

五六年前，洛桑打牌赢了，输家拿不出等价的物品来，就给了他一只五个多月大的小狼来抵债。据说那只小狼是头几天半夜里钻他们的羊圈时被抓的，那狼也是点儿背，没料到羊太多了，可能刚出道没经验，被骚动的羊群卡在肥屁股中间动弹不得。羊倌儿听到动静，打着电筒出来查看时，就看见密密匝匝的羊群中间，一个狼头露在羊背上，大张着嘴喘气。羊倌儿甩个套马绳，几个人合力就把小狼给逮住了。

洛桑曾经看过《重返狼群》，他得了这只狼以后，第二天喂了几块肉就把狼给放生了。由此，我们也就跟洛桑交上了朋友。洛桑说："我可不指望它像格林那样来帮我放羊，只要它别碰我的羊就行。"

说来也奇，自打放归了小狼以后，洛桑的牧场着实清静了两三年，狼群好像领他情似的，没有碰过他牧场的牛羊，人与狼相安无事，洛桑还挺高兴。不过，两年前入秋的时候，洛桑有一头一岁大的小牛出败（一种急性出血性败血症），蔫耷耷地没精神。

我找来有经验的老牧民帮牛瞧病，老牧民告诉他："治不好，而且这病要传染，舍了这头牛吧，及早处理，深埋。"

洛桑不甘心，觉得那牛明明还活着，还可以抢救一下。他听了牌友的建议，自己买来红霉素给牛打针。

药不对症，打针第二天，小牛连气都喘不上来了，卧在草地上吐血，眼看只剩半条命了。

洛桑急了，进城找到他的牌友就问："你记不记得我昨天问你，你的牛出败的时候，你怎么给它治的，你告诉我说你给它打了红霉素？"

"对啊，没错！"

"可是我的牛打了红霉素，现在快死了！"

"对啊，没错，我的牛也是这样死的。"

"……"洛桑哭笑不得。

等他回到牧场上，再去查看那头小牛时，小牛已经被狼群啃得七零八落了。估计洛桑进城那会儿，狼群从牧场路过，看见现成的小牛有气儿进没气儿出了，捎带手的事儿，就把那小牛给吃了。

在人那儿受了憋屈，回来又看见这一地"狼藉"，这下子，洛桑一肚子的怨气就撒在了狼群身上："冬天还没到呢，你们就吃牛了，不讲武德！"

打那儿以后，洛桑就跟狼群杠上了。他想了各种办法，说啥也不许狼群从他那牧场过。这牛背上的草人就是他今年想的新招。

想得是很好，可这草人并没有唬住狼多久。刚开始两天，狼群确实没来，也许它们躲起来在观察。这个"人"为什么一直平摊着两只手，不累吗？到了第三天稻草人就出问题了。它在牛背上，随着牛走路，越走越松散，再加上草原风吹，草人开始东倒西歪了。牛低头吃草的时候，草人倒伏在牛头上；牛爬坡的时候，草人仰躺在牛屁股上，始终都是伸展着手臂，因为那本身就是个十字骨架呀。

露馅儿了，到第四天，洛桑在望远镜里看到，狼群大摇大摆地穿越牧场，还在草人旁边不远处停下来，各种挠痒。乌鸦是狼群的跟班儿，有两只乌鸦干脆停在了草人的手臂上和脑袋上。没想到这法子才几天就被狼识破了，而且连鸟都吓不跑。

晚上，牛回了圈，洛桑整理草人的时候，发现毡帽上还落着乌鸦粪。这真是“伤害性不大，侮辱性极强”。

消停了几天，洛桑在县城闲逛的时候，淘到了好东西。疫情期间没什么游客，有一家户外服装店倒闭了。橱窗里有一个木质的模特。模特身体、胳膊、腿齐全，肩部、肘部、手腕，还有球窝关节可以掰动，可惜就是没头部。这难不住洛桑，他很快就找到他熟识的那家理发店，那儿有一个用来练习理发的人头模型，这下凑齐全身了。

洛桑兴冲冲地把模特扛回牧场，稻草人有了升级版。模特穿上袍子以后，“骑”在牛背上，洛桑将它可以活动的手臂调整到身前，让它“牵着”牛缰绳。用长围脖将从理发店要来的脑袋缠在模特颈部，又绕上来包住面部，只露出眼睛，最后给模特戴上毡帽，模特就活脱脱是一个藏族大汉了。这还不算完，洛桑还弄了一个随身听小音箱，挂在牛角上，一路放着藏族牧歌。我也真是服了他了，这假人做得神形兼备，还自带音效，太逼真了。这连人都唬得住，别说狼了。假人唯一的缺点就是又重又硬，不过好在驮牛有把子力气。

唉，有这工夫花几天时间做假人，还不如亲自去守着牛羊呢！在大草原放放牛羊，累了就躺在草地上睡会儿，多享受的事儿啊！但那只是我的想法罢了，洛桑惦记的仍旧是腾出时间去打牌。

这次的假人，能不能防狼我们不知道，但是对偷牛贼绝对是有震慑作用的。远远看去，谁都会觉得那牧场有人看守。

这么过了一个星期。有一天，一辆越野车开到了牧场边，大概是自驾游的游客找不着方向了吧。在悠扬的牧歌声中，他们远远看见有人在放牛。在草原上好不容易遇到个问路的人，他们急忙把车开到驮着“人”的牛跟前，下车问路。

冷不丁来辆陌生车，又下来两个陌生人，行进中的驮牛一阵惊慌，来了个紧急止步，牛背上假人的脑袋突然跌落，顺着手臂、牛背一路滚落下来，掉在草地上……

游客恐惧的惨叫声让我们至今难忘。我们钻出帐篷，拿望远镜套住那辆落荒而逃的越野车，那是我在草原上见过的最快车速。我猜他们此行的心理阴影面积一定不小。

洛桑把落地的“人头”捡回了帐篷，嘿嘿直笑：“我可没想吓他们哦，误伤误伤。”

草场上一个“无头骑士”在放牛，这就更诡异了。

“你还是踏踏实实放牧吧，”我对洛桑笑道，“你再这么折腾下去，狼群会笑死的。”

“嘿嘿，”洛桑捋着胡子茬，还在思索，“还是不行，如果能找到又轻巧又柔软、又像人形又不掉脑袋的就好了。”

亦风含了一口水，鼓着腮帮子强忍着把水咽了下去，放下茶碗，舔了舔嘴唇，凑到洛桑身边，拍拍他的肩膀故作神秘地说：“兄弟，你别灰心啊，有一种东西叫作充气娃……”

“闭嘴！”我赶忙打断亦风。他肚子里想的啥，我门儿清，好好的牧民都让他给教坏了。

故事三：金雕，你骞！

2013年我们重返草原时，曾经带了三架无人机上去。那时候的无人机需要至少两个人操作，一个负责操控飞机，这对视力是个考验。不仅仅是飞上高空要看得见飞行器，还要通过指示灯辨别无人机的前后方向。无人机是六旋翼或者八旋翼的，像只大蜘蛛，每条腿上有一个螺旋桨，每个螺旋桨的下方有一个绿豆大小的指示灯。

位于前方的两个螺旋桨指示灯是绿色的，后面的所有螺旋桨指示灯都闪红光。在高原强烈的日照之下，红绿指示灯如同萤火之光，当如同苍鹰大小的无人机飞上高空后，常人能看见就不易了，更何况还要看清指示灯去分辨前后方向。另外，无人机贴地飞行时也需要对地形起伏和地面障碍物做出快速准确的判断。从山坡上俯瞰草原，似乎是一马平川的，其实地面起伏落差在三四米左右，我们需要保持离地面两米左右的贴地飞行高度，如不能及时判断出地面上行的趋势，很容易撞机。

亦风不敢飞无人机，他只要仰望天光就会打喷嚏，而那时候一架无人机价值十万元左右，他觉得万一一个喷嚏十万便没了，心理压力太大，他干不了这个。而我自十六岁起就在指导学生们搞各种航模、建模、四驱车什么的，飞无人机倒是驾轻就熟。亦风擅长拍摄，于是他就负责通过雷达操控飞机上的摄像机。两人配合倒是挺默契的。

高原空气稀薄，浮力小，相应的耗电就特别厉害，低温也会让电池续航能力衰减。在平原地区能续航二十分钟的电量，在高原往往只能飞十二分钟左右。第一架无人机在回收途中就因为电池没电了，无法返航，结果坠入沼泽，成了“落汤机”。第二架是四旋翼的小飞机，轻巧，不怕气流撕扯，在柔软的草地上也不太容易摔坏。但也正因为它太轻，稍有小风就颤抖，拍下的镜头不稳，有种飘浮感，画面很少能用。

飞第三架无人机时，我们各自都有了经验，也留下了草原不少壮阔的大景。不过，在一次原本平稳的飞行中，突然遇到老天变脸，一个反转气流把飞行器掀得翻了个跟斗，几乎是头朝下的失速，坠毁。

虽然毁了三架无人机，不过在影片中留下的那些珍贵的航拍镜头也足以慰藉它们的“在天之灵”了。

在纪录片《迁徙的鸟》当中，有不少跟随鸟类飞翔的镜头。刚拥有无人机时，亦风还美滋滋地梦想着，如果我们的“天眼”无人机在草原上能与鹰齐飞，那该是多么美妙的体验啊！现实是骨感的，无人机的螺旋桨噪声大，没有什么鸟对它感兴趣，不会在空中主动飞来搭讪。

5月至8月的错那湖倒是鸟儿的天堂，漫天遍野都是鸟儿，可我们又不愿意让无人机去打扰它们的安宁。万一哪只“不长眼”的鸟儿在空中遇到无人机，被螺旋桨剃了毛，那就不好看了。

在草原众多的鸟类中，最大也最让人们记忆深刻的莫过于食肉猛禽了。草原上的食肉猛禽有很多，隼形目隼科和鹰科的猛禽有猎隼、游隼、燕隼、灰背隼、红脚隼、鸢、雀鹰、大鵟、毛脚鵟、金雕、草原雕、玉带海雕、白尾海雕、高山兀鹫、秃鹫、胡兀鹫……有些种类的外形差异并不大，迎着阳光抬头一看，它们盘旋起来都一个样，因此草原人也不细分，总起来叫它们“鹰”，按个头大小喊它们大鹰或小鹰。

金雕曾经是最让我们心惊胆战的猛禽。当格林还是一只小小的便携式小狼时，我带他回到草原，我们俩对天地间暗藏的杀机都没有防备，金雕当着我的面，差点就抓走了小格林。从那以后我对猛禽有了敬畏之心。金雕猎食时速度太快，又悄无声息，在纪录片《重返狼群》中金雕袭击格林的镜头除了我的手机砸到金雕翅膀的那点影像之外，并没有留下更多的画面，但这一段却是不得不展现的格林成长中的重要经历。于是亦风决定用一段航拍镜头模拟再现，而这个镜头当中出现的狼其实是我们用无人机巡拍草原全景时意外拍到的一只野狼。

大草原的狼应该是没有见过无人机的，我们无意中拍到的那只狼可能以为它是一只聒噪的怪鸟，还好奇地张望了一会儿。但它很快反应过来这应该是来自人类的非生物，于是迅速闪避了，也许还通报了同类，从此以后无人机再没拍到过狼。

采用这个航拍的狼镜头时，剧组的小伙伴们曾有过一番争论。因为音效组的小伙伴为这段航拍镜头配上了一声尖锐霸气的横空长啸，顿时有了从鹰的视角追逐狼的既视感。可我怎么听都觉得别扭，因为我亲身经历了那一场“空袭”，猛禽在发动袭击的时候是无声无息的，并没有任何叫声，它如果叫岂不是通知猎物“我来了”吗？再说，这厉声长啸也不是金雕的声音。我们在草原上专门寻找和拍摄过金雕，于是我把金雕的叫声播放给音效组，工作人员们乐得直甩耳朵。什么情况？因为金雕的叫声太可爱了，如同小鸡崽的唧唧叫，或者像小奶狗被踩到尾巴时发出的尖叫，太傻太萌，和它威武霸气的外表一点都不相称。

音效小伙伴笑道：“微漪姐，如果我们配上金雕的原声，随机笑死几名观众怎么办？格林你看，飞鸡！”

说得也是，这么可爱的嘤嘤怪，听到这声音都有种想保护它的欲望，谁能联想到这是王者段位杀手的叫声呢！

我说：“那就不要配音啊，事实上金雕猎食就是不出声的。”

小伙伴的意见是：“那就没有危机来袭的感觉了，而且大多数人都认为猛禽应该是划破长空的那种啸叫声，从制作影片的角度来说，为了迅速向观众传递空袭来临的危险信号，还是随大众的认知吧。”

的确，在众多影片当中，包括好莱坞大片，无论是猛禽袭击还是猛兽出没，为了加重危机感、恐惧感或压迫感，往往会配上猛禽的啸叫或猛兽的低吼声，这已经成为一种让人感受危险的思维定式了。但自然界当中的激烈角逐往往是无声的较量。如同钓鱼的人安安静静、捉蝴蝶的孩子悄声屏息，猛兽来袭也不会发出一点惊动猎物的声响。

算了，还是不较这个劲了，配上长啸声后确实能让观众快速理解金雕来袭的画面。那么，这声长啸又是来自谁的呢?

这是鵟的叫声。

红尾鵟、普通鵟都是专业的猛禽声优。红尾鵟一般栖息在北美洲、中美洲，可以活二十二年左右，翼展只有114~133厘米，个头小声音大，尖锐的长啸带着苍凉感，刺耳的嘶叫，开始声调较高，后面逐渐下降，往草原最深远处发送，这王者段位的叫声给所有猛禽配音都可增加其霸气。它甚至给凤凰配过音，以至于大多数人以为所有猛禽都是这种声音，包括好莱坞大片中威武而强大的美国国鸟白头海雕，每次出镜也都是由红尾鵟做“代言”鸟的。

普通鵟也是猛禽界的配音大师。普通鵟，狂起来可不普通。它杀伐骁勇、武艺超群，在草原上挺常见，是二级保护动物。鵟，听这名字就是个狂野的生命，各种意义上的不好惹。

鵟是不怕人的，有只鵟甚至跟亦风吵过一架。它吵架的声音像自行车链条卡壳的咯咔声，尖声大叫起来像京剧青衣的声音“啊”。这高分贝让人禁不住要捂耳朵，更别说跟它对吵了。

这场架是这样吵起来的——

有一天，我和亦风去山崖边拍摄夕阳落日逐格。所谓逐格就是让摄像机镜头固定不动，使用逐格马达驱动摄影机一格一格地进行拍摄。例如每分钟拍摄一张夕阳的画面，最后连续播放，成为一个

快速完整的镜头。可以把几小时才能完成的落日动作，用几秒钟的时间展现在银幕上。

由于拍摄逐格耗时很长，我就到一边采蘑菇，而亦风则在山崖边草地上躺成个“大”字睡觉。

这时，飞来一只鵟，绕着亦风的头顶上空低飞盘旋。亦风睡眼蒙眬地看去，当是兀鹫之类的；它兴许看亦风一动不动，以为是死尸？于是亦风懒洋洋地向空中挥挥手：“活着呢，活着呢。走开……”话刚说完，就见这鵟越飞越低，尾部一抬，空投了一泡白色鸟粪，落在亦风遮脸的帽檐上，又腥又臭。亦风“啊”了一声，坐起来，那鵟又是一泡粪砸在他身后的草地上，这可把亦风给惹火了，指着天空大骂起来："我没死，你不高兴是吗？！"那鸶也不让步，大声叫着，不知从哪儿捡了一块岩石，又俯冲过来，扔！

"呀哈，你还想砸死我吗？！"亦风边躲边跳脚。

我闻声赶来，看情形不对："我们是不是打扰到它了？"旋即在周围察看。果然，就在亦风先前躺着的山崖边，崖壁上有一个鸶巢，里面还有蛋。

"你看看，它是在护巢呢。"

"好好说不行吗，上来就动手，太'鸶'了！"

我边收拾器材边笑道："你应该庆幸，亏得不是胡兀鹫冲你丢石头，否则你的脑袋就开花了。"

胡兀鹫是猛禽界的"空投专家"，因为它的喙两边长了一对长长的八字胡，即便在半空中，一看鸟嘴就能认出它来，所以叫胡兀鹫。胡兀鹫是专吃骨头的，它最擅长叼着骨头飞到半空中，瞅准一块岩石把骨头扔下来，然后再飞下来捡食碎骨。胡兀鹫的投弹精度一砸一个准，是高空抛物瞄准技术最高超的鸟。

亦风不服气："它才应该庆幸，遇到了善良的我，我要是犯坏的话，就往它的窝里面放一个鸡蛋，看它老公回来它怎么跟它解释。"

为了不让大鸶的一世"鹰"名，毁于一"蛋"，我扛上背包，揪着亦风下山了。

几个月后，我们还去看过一次那个鸶巢，一只雏鸶安静地卧在巢中，羽翼渐丰。

故事四：保护站

2018年，保护站批准建立。由于若尔盖地区本身就是湿地保护区，且铁布地区又存在梅花鹿保护区，据说同地区不能建两个保护区，因此只能批准建以狼为主的保护站。保护站的申请获批正式声明了狼是被保护对象，这个很重要。当政府批文下来的消息传到草原上的时候，大家都很振奋。

那是6月间的一天下午，天空下着小雨。我们在巴老头牧场上支了一顶大帐篷，摆上了各种好吃的，有手把肉、血肠、水果、青稞酒，巴老头拿出了奶豆腐，我们带了很多城里超市买的零食干果。扎西、索朗、泽仁夫妇、巴老头、丹增夫妇、多吉、甲央扎花，还有我们的工作人员小伙伴们，围坐在帐篷里，每个人都脸泛红光，边喝酒边兴奋地聊着。

我最关心的是政府能否派出专人，加强对草原的巡逻，及时发现并制止盗猎行为；还有能否有医疗设施和专业兽医，对解救回来的动物进行救治。当初我救回小格林的时候就是因为草原上没有动物医疗条件，才不得不带回城市救治。

亦风最关心的是能否推动新的野生动物保护立法。要对盗猎、滥食野生动物行为进行严厉的惩治，最好能把伴侣动物的保护也列入立法中。

牧民们最关心的是国家是否能拨付野生动物伤害补偿。例如狼吃了牛羊后，如果国家有专项拨款对牧民有所补偿，那么自然而然大多数牧民对狼的敌意就没那么深，狼也能得到食物。在云南，野象毁坏农作物，国家就给予补偿，即便不多，也可缓解人与动物间的矛盾。

索朗和扎西最关心的是保护站的选址和常驻人员。

巴老头最关心的是，有法可依是否也能够有执行力，是否违法必究。

我心目中的保护站是像国外那样的专业保护机构，有很大一片区域，有医疗设施，有医护人员，有动物学家。他们的动物学家是真正来到野外与动物打交道的。

若尔盖的动物保护也有很多先行者，其中和我们走得最近的是索朗，他从事动物保护工作已经二十余年了。我们《重返狼群》第二部中曾经提到过他，就是他嘱咐我们一定要把626张狼头皮做成的皮袍放到影片里。

索朗最先得到消息，那时候文件还没正式下发，于是大家就有各种猜测和期待。

那天大家一直喝到傍晚，牧民们陆续散了，到各自牧场圈牛羊回家。多吉和甲央扎花喝着饮料，在手机上翻看当年和小格林在一起的视频。甲央扎花便是在影片中又怕又爱抚摸格林的牧民小孩，他喜欢动物，从小就想着长大以后当兽医。于是总喜欢追随多吉，听他讲在西南民族学院读畜牧专业时的事。

我还记得甲央扎花小时候蹬腿爬马背的滑稽样子和那时候的机灵劲儿。多吉喊他："马屁股后面不能过人哦！"于是这小孩儿哧溜一下从马肚子下面蹿过去了，不光我们没反应过来，马都没反应过来。甲央扎花喜欢和动物亲近，有一年，成都来的游客在他家住，走的时候遗留下了一对仓鼠。小孩一开始想放生，可是索朗告诉他："仓鼠繁殖力强，外来物种，你可别在草原上放。养着吧，这脆弱的小东西在冰天雪地里多半也活不了。"

小孩懵懵懂懂地把仓鼠养了，没多久，发现有一只仓鼠好像是病了，脱毛、拉肚子。小孩不懂，就问大人怎么办。草原深处的牧民没见过仓鼠，也没有救治动物的经验，抠着脑袋说："病了就吃药吧，人病了也得吃药的。"

"那吃什么药呢？"

"这个嘛……人吃人的药，老鼠吃老鼠的药。"

于是小孩就央求村里的小哥哥替他买老鼠药，结果那只生病的仓鼠就死了。

只剩下一只仓鼠了。亦风听说后，觉得是仓鼠笼子太袖珍，粪便污染和无法运动导致仓鼠生病的，就给小孩买了一个“别墅级”的仓鼠屋，挺大，里面还有滑梯和转轮儿。仓鼠屋组装好以后很精致，孩子高兴地退后一步欣赏，结果一脚把仓鼠踩死了。小孩为此伤心了好久。

如今，这捧着仓鼠哭的小孩已经长成小伙子了，在学习兽医。

扎西、泽仁已经酩酊大醉，躺在一边打呼噜。索朗和亦风还在对饮，但两人的舌头已经不利索了，再两碗下肚，他俩就抱在一块儿互相喊起“哥哥”来。

牧民喝酒太厉害了，尽管是索朗一大碗亦风一小口地对饮，但我看亦风那状态不能再喝了，于是提醒索朗：“你不回去赶你家的牛吗？”

索朗醉眼蒙眬地指着窗外，远处一个妇女正赶着几百头牛走来。

“我们家不用我操心，”索朗得意地打个酒嗝，“你看，嫂子已经赶回来了。”

亦风迷迷瞪瞪地趴在窗户上望着牛群问：“哪头是嫂子？”

“行了吧，你们俩。”巴爷爷哭笑不得，“这是我家，牛是我的，赶牛的是我媳妇儿，你的大妈！”

“散了散了，不喝了，都给我回家去。” 巴爷爷发话了。

临上马前，索朗用满是腱子肉的胳膊搂着亦风的肩膀：“哥哥，等保护站成立了，咱俩再喝个痛快！”

多吉和甲央扎花把索朗扛到了马上，老马是认路的，驮着索朗回家去了。我就记得亦风那晚狼嗥鬼叫地唱了通宵的歌，而我梦见格林，傻笑了一夜。

第二天一早，索朗电话打不通，我们还是不放心，就到他牧场去看他。

索朗的妻子笑个不停：“你们昨天喝了多少啊，他把保护区的指路牌给扛回来了，抱着牌子睡呢。”她朝帐篷里努努嘴：“你们自己进去看。”

帐篷里，只见索朗侧躺在地上，抱着又高又长的老旧的指路牌立柱，埋着脑袋顶在牌面上，睡得正香。路牌立柱下半截有半米多长的泥印儿，入地那么深，他咋拔出来的？我没想到索朗有这么大的力气，也难怪那些盗猎的、非法打鱼的横人都那么怕他。我们摇醒了索朗，他就只记得回家路上曾经扶着这路牌吐，后来的事就啥也不记得了。

索朗起身刚和我们面对面，我们就愣住了：“你看起来好——凶。”

索朗捏捏沙钵大的拳头：“我本来就很凶啊。”

“这个字很配你！”亦风哈哈大笑，递了个小镜子给他照。索朗的额头上印着一个“凶”字，其实是路牌上“保护区”的“区”字，横过来就成“凶”了。我们乐坏了，拍了照片发在群里，收到各种“神回复”：“有情绪，也不要写在脸上嘛”“一脸凶相”“凶神恶煞”。从此“凶神”就成了索朗的绰号，让盗猎者闻风躲避。

“凶神”却有一颗对动物温柔善良的心。

然而遗憾的是，那一年，保护站原计划8月挂牌，可是7月大暴雨降临了，草原被淹成了海，牧民无家可归，抢险救灾是第一位的。大家所期盼的保护站的事暂时被搁置了。

故事五：狼兔博弈

2014年初，也就是《重返狼群》第二部小说末尾，第二次见过四岁大的格林以后，我和亦风暂时撤离若尔盖，从草原带回一只三个月左右大的野兔。实际上这只小野兔是藏在行李堆里跟着我们“偷渡”回成都的。等我们到了车库整理物件的时候，才发现车厢角落藏着这个小东西。想来，它可能是被狼追撵，慌不择路逃进我们屋子的，也可能是和那些草原鼠一样，跑到我们小屋来偷粮食、蔬菜的。反正我们曾经在床底下发现过一个“盗洞”。后来我们一股脑把菜筐、行李什么的都搬上了车，这兔子也就埋在行李堆里，跟着过来了。它倒是命大，没被憋死。

亦风属兔，觉得跟这兔子很有缘，就把它养了起来。这是只雄兔子，一身麻灰色的皮毛，额顶有一抹白线，耳尖部有光亮的黑色毛边，眼睛黑褐色，特别有灵性。我给它取名小野。

谁能料到小时候呆萌可爱的兔宝宝，长大以后却走了硬汉风，目光越来越犀利，随时竖立着尖耳朵，前爪锋利，后腿越来越长。再加上在亦风家里好吃好喝，没几个月小野就被养得浑身肌肉。

小野的习性很特殊，跟我从前养过的家兔大不一样。它有储存食物的习惯，新鲜菜叶吃掉，胡萝卜或者风干后的菜叶它会

收拾干净，储存起来。它很注意清洁卫生，一得空就清理皮毛，搓耳朵洗脸。它不像家兔那样随地吃随地拉，一到亦风家就确定了“厕所”的选址。亦风的阳台上有一个花盆碎掉了，碎瓷片清理掉以后，里面的土还暂时堆在角落里。小野就选定了这个小土堆，大小便都固定在这里，然后小心掩埋掉，因此这只有洁癖的兔子体味很轻。小野善跑，后腿很长，它在亦风的客厅里飞檐走壁，真正让我领教了什么是“动如脱兔”。小野是个要吃肉的兔子，亦风坐在沙发上啃鸡翅膀，小野飞身而上，抢了就跑，边跑边嚼。小野吃饱喝足，活动累了就自己钻回笼子里去睡觉，但总是不忘刨点地垫、抹布之类的东西把笼门挡一挡，安全意识特别强。

亦风曾感叹，野外的兔子确实和饲养的那些兔子习性差别挺大。

很多年后，在一次聚会中，亦风把小野的照片给“凶神”索朗看，当趣事给他讲。哪知道索朗放大画面看了好一会儿，告诉他说：“这是家兔，变种！”

亦风惊讶地说：“怎么会是家兔呢？我们从草原带回去的，那年冬天，它打洞到我们小屋里来啃蔬菜。”

“若尔盖真正的野兔是不会打洞的，不会打洞！不打洞！”索朗把重要的话说了三遍。

“那这是什么情况？”

索朗喝口酒，把话锋一转：“若尔盖草原上有一条213国道连接甘肃和四川，你们知道吧，那是川西的一条重要运输通道，来往的车上经常掉下些莫名其妙的东西。”

我若有所悟地点点头，又忍不住扑哧一笑。因为我脑子里突然闪回了几年前的一件事——那年有一个牧民打电话跟我说，他在公路边捡到了一把大花伞，也不知是从哪辆车上颠落下来的，伞面做得特别精致，上面还镶嵌了很多金色的装饰。当地人是很喜欢金色的，况且草原上太阳烈，一把遮阳大伞太有用了。可惜就是没有伞柄，他猜想可能就是因为坏了，所以别人才把伞丢弃在路边吧，于是就捡了回去。那牧民是个勤俭节约的人，他让我帮他找根杆子之类的东西，做个伞撑，把那伞修一修还可以用。正好我有一把大遮阳伞的伞面被风刮飞了，只剩下伞柄骨架，我就给他送了过去。

我骑马到他牧场，老远就看见他在摆弄一个花圈。我心里咯噔一下：这该不会是哪个送葬的车队不小心掉下的吧？我问他：“你说的大花伞就是这个？”

“对啊，好看吧？”

“好看是好看，但这东西……阳间一般用不上。”

“你说啥？”他没听懂。

我委婉解释：“我的意思是你每天都活蹦乱跳地去放牧，这个东西你暂时还用不上。”

“我可以给狗遮阴啊。”他可能还是没理解到。

“哦，那……那也行吧。”我看了一眼拴在院子里的看家狗。

他接过伞柄，让我帮忙搭把手，一边兴高采烈地改装花伞一边欣赏：“你看，这上面的花朵做得多精致，跟这草原的花海多般配！”

“嗯，你开心就好。”我看着牧民那认真的表情，想想草原人的葬俗与我们不同，从不弄这些纸活玩意儿，自然也不知道花圈为何物。反正我的话已经点到为止了，每个人的欣赏角度不同，谁说花圈就一定不能当伞用呢？有些事没必要揭穿，无须用自己的认知去戳破别人的快乐。做人嘛，不必活得事事明白。

“伞”弄好了，主人高兴，狗也高兴。“大花伞”用了一整个夏天，直到蝶飞纸腐，主人才把“伞”拆了烧火用。它总算去了它该去的地方。

“你笑什么？”亦风打断了我的神游。

“没什么，”我赶紧拉回我野马一样的思绪，“你们继续讲吧。”

索朗也不介意，继续他刚才的话题：“就是这条213国道，很多年前有一辆装满了兔子的卡车在草原公路上翻车了，兔笼子摔坏了不少，一百多只家兔就这么跑了。”

“家兔那么柔弱，跑到野外活得了吗？分分钟被灭了吧？”亦风问。

“大部分被狼吃了，但有些活了，不但活了，还留下了后代。原因就在于家兔有两项神技——打洞、能生！”

跟着索朗的讲述，我们“脑补”了一下当年的场景。这一百多只家兔疏散在辽阔的大草原上，数量确实算不得什么。很快，大自然就开始了第一轮淘汰赛。狼、鹰、狐狸、猞猁、兔狲等食肉动物对这些“小鲜肉”展开追逐，跑得快，老天爱；跑不快，一盘菜。

首先出局的是两眼通红、毛色雪白，在草场上特别显眼的那些兔子，颜值越高死得越快。而且白色家兔是最没眼力见的，因为家兔的白实际上是一种白化病，皮毛和眼睛都失去了色素的保护，眼睛成了透明玻璃珠，我们所看到的红色其实是它眼里透出的毛细血管的颜色，这种眼睛在草原的刺目阳光下视物是昏花的。真是“红眼命薄”啊。

剩下些麻色、灰色的兔子凭着较为安全的长相和打地洞的本领勉强躲过了狼眼鹰眸，它们躲藏起来开始了“超生游击队”的地下生活。草原上多的是草，就算宅家里也不愁吃的，它们的任务就是使劲打洞并且趁着温暖的季节拼命生兔娃。

第二轮淘汰赛开始了，若尔盖草原的冬季长达八个月，积雪覆盖了草场，只能在地下刨草根和虫子吃，也有兔子跳到雪面上来找吃的，又被狼和鹰抓走了。于是跑不快的、不抗冻的、不扛饿的兔子们也“挂”了。

两轮下来，就只剩下极少量兔子的精锐和它们留下的小兔崽子们，但是小兔子们需要特训，接受大自然洗脑——是狼就要练好嘴，是兔就要练好腿。

我们国家大概有九种野兔，都是不打洞的，全靠腿速躲避天敌。若尔盖冬季长，气候严苛，本地的原生野兔大多一年生一至三胎，一胎四只左右。小兔崽生下来就带毛，眼睛是睁开的，哺乳三天后就可以自行进食，不需要躲在洞里。

家兔原本是由野生穴兔驯化而来的，我们国家的家兔都是引入

的品种。家兔繁殖能力是野兔的数倍，据说一年可以生四到九胎，一胎可以生六到十二只，一只母兔子能活九年左右，它一辈子差不多就能生二百多只小兔子。六个月大的小兔又可以再生小小兔子，如此三代返祖野化、优胜劣汰下来，它们的外形逐渐发生了改变，脑袋变小，耳朵变尖，腿变长，唯一不变的是身上的脂肪。因此它们的肉比原生野兔更加可口一些，狼和狐狸也最爱吃它们，只是兔精们都在洞府里，不太容易抓到。

从那次车祸算到现在小十年了，那些家兔往上数起码也有十八辈儿野外祖宗，由野生穴兔驯化为家兔，再来到野外返祖演化，变回野兔。只是这里已不是大自然最初给它们安排的地盘了。

当索朗提起公路的时候，我已经猜到了七八分，待他说完，前后疑惑的事我也想明白了，又是外来物种。家兔太能生了，不过好在咱们若尔盖有狼群去克制它们，我倒并不十分担心。

我回想起和格林一块儿在草原上生活的时候，那家伙确实抓到过这种穴居的兔子。我那时候就有些疑惑，却没往深里想。饿极了的时候，亦风也曾打过兔子的主意，他拆了汽车的缸线，做了个钢丝套子放在兔子洞门口，想套住兔子。我看亦风下圈套的时候貌似内行的样子，对他一股子崇拜。没想到他是理论分析猛如虎，实际操作二百五。第二天去看，兔子没套着，缸线却丢了。两人正一筹莫展的时候，格林虎着脸回来了，狼腿上套了根缸线。也许格林本来可以抓到那只兔子，结果被缸线给绊了一跤。亦风成事不足，败事有余。更可气的是他还犟嘴，说什么虽然没套着兔子，但是套到一只狼，也算战果辉煌。

这会儿亦风又开“脑洞”了：“这些家兔和野兔肯定通婚了。你想这道理啊，野兔不会打洞，长期过着流浪生活，突然遇到了搞房地产开发的对象，而且这些家兔有房不说，脾气还好，野兔分分钟就嫁了。啊，家兔在地下打的洞还搞成了互联网，大工程啊！带领若尔盖的野兔跨入了网络时代。咱小野可能就是杂交野兔的后代。没错！”

我摇摇头：“我看小野更像比利时兔的后代。”

“哪国的兔子我不懂，”索朗接话道，“反正我知道家兔和野兔是不能杂交的，品种不同。”

“都是兔子有啥不能的，不同品种杂交优势更强。”亦风开始较劲了。

“它们的染色体不一样，家兔有二十二对，野兔是二十四对。”我回答。

亦风咂咂嘴：“染色体不同？没吃出来呢！”

我不耐烦了：“反正它们就是两个品种的东西，驴唇不对马嘴。”

我一句话好像反而点醒了亦风，他抓住话头奋起反击："你说对了，驴唇不对马嘴还生了骡子呢，狮子和老虎还生了狮虎兽呢，现在的恋爱形势，物种是问题吗？小野肯定是混血。"

跟亦风抬杠，我真想打自己的嘴，好在索朗插话和了稀泥："哥哥，你说得有道理，这些问题还是留给科学家去烧脑吧。所以你那只兔子小野真应该留下样本给科学家研究研究。可惜浪费了。"

亦风不动声色地摸了摸肚子："也不算浪费吧。"

亦风难得吵赢，有点小得意，笑道："哈哈，如果多放几车兔子，子子孙孙无穷匮，咱格林可就不缺吃的了。"

我斜眼瞪着亦风，嘴唇张了一下，没说话，只是低头喝完了碗里的水。

"怎么？我又说错了吗？"亦风问。

我咬咬牙，还是开口了："外来物种入侵你知道是什么后果吗？我如果告诉你二十多只兔子差点灭了一个国，你信吗？"

"不信，"亦风一撇嘴，"兔子能灭的国，小人国啊？"

"是大国，澳大利亚。澳大利亚跟兔子打了一百五十年的仗了，至今澳大利亚仍有法律规定，禁止饲养兔子，哪怕一只，违者重罚四万四千澳元。"

亦风一阵心算："二十一万人民币啊？养只兔子至于吗？这是

要闹哪样？”

我重新倒了一碗奶茶，捧在手心里暖着，说：“澳洲曾经被兔子占领过，袋狼灭绝也有兔子的原因，回头我慢慢给你讲吧。”

故事六：“萌军”引爆噩梦，狼来收拾残局

我一直很爱兔子，有一回我在菜市场看见待宰的兔子很可怜，就想把它救下来。可惜带的钱不够，只救了半只。

四川人爱兔子是出了名的。麻辣兔丁、红烧兔、黄焖兔、跳水兔、干锅兔、手撕兔、烤兔……方言中也常常提及兔子：打麻将赢家管输家叫“鲜兔儿”，倒霉的人叫“死兔儿”，就连情侣接吻都叫“啃兔脑壳”。据说中国每年要吃掉五亿个兔头，四川人就承包了三亿。中国很早以前就引入了穴兔作为家兔进行养殖，因为穴兔能生、肉多、长得快，经济效益好。

对于我们来说，兔子是美味的食物、可爱的宠物，但对于澳大利亚而言，兔子是可怕的怪物，是挥之不去的噩梦。

澳大利亚原本是没有兔子这个物种的。在澳洲成为英国殖民地时期，一个住在澳大利亚的名叫奥斯汀的英国农场主酷爱打猎。因为没有什么合适的猎物，他就托人从英国弄来了十二只穴兔（也就是我们的家兔）和五只欧洲野兔，这两种兔子的奔跑速度快，转向灵活，是上佳的活靶子。他用这些兔子进行简单的繁殖，得到了二十四只兔子，养在他的农场里，来满足自己狩猎的爱好。那是1859年的事了，但谁也没有料到，就是这二十四只用来打猎娱乐的“外来兔”，成了澳大利亚噩梦的开始。

澳洲这个地方很独特，整个大陆就是一个国家，四周没有与它接壤的土地。封闭的生存环境，让这里的生态系统变得相当脆弱。这里有很多独特的生物，比如袋鼠、考拉、鸸鹋、鼠袋鼠、袋狸，因为没有狼、狐狸这类猛兽，这片伊甸园中的动物都延续着一种慢生活的方式。这不就把占领澳洲的机会白白送到兔子军团手上了吗？兔子也没有浪费，紧紧把握这次机会迅速占领了澳洲，用它们的撒手锏——繁殖！

兔子繁殖得太快了，呈爆炸式增长。没多久，奥斯汀的农场就被兔子占领了。飞跑的兔子们仿佛在宣战：“来啊，你开枪啊，看你能打死几个！兔爷让你知道什么是江湖！”

有了第一块根据地，兔子们直奔外面广阔的大草原，以每年一百三十公里的迁徙速度向其他地方蔓延。

1896年，兔子大军的势力范围已经扩散到了澳大利亚北边的昆士兰，南边也到达了南澳大利亚，甚至还横穿了澳洲大陆，来到了西澳大利亚的范围。到了1907年，整个澳洲几乎所有地方都有兔子。到了1926年，这短短的不到七十年的时间里，二十四只兔子的后代已经达到了令人恐怖的一百亿只。

还认为呆萌兔子不能伤害的爱兔人士，想象一下一百亿只小可爱向你扑来的场景，一只兔子一颗兔子屎就能把尔等深埋了。

有人问：为啥不打来吃呢？在当时，全世界的人口才只有二十亿，1921年的澳洲只有五百多万人。掐指一算，每个人得吃两千只兔子才能彻底消灭它们，如果一家三口分配六千只兔子的指标，那么一天三顿都吃兔子，吃到怀疑人生，也得五年半时间才吃得完，新兔子已经又“爆炸”几十代了。你还吃吗？

疯狂的兔子大量啃食植被，它们不仅吃草，还会吃灌木，连树苗都不放过，其他的草食动物只能喝西北风。流氓兔吃光了本该属于羊的草、考拉的树叶、袋鼠的口粮，还把国宝袋鼠逼得退无可退，只能在育儿袋里搓小手手，真是吃不了兜着走。澳大利亚袋鼠甚至差点因为这些兔子濒临灭绝。袋鼠没办法和这些兔子竞争，人家在气势上就把袋鼠碾压了，毕竟那可是百亿只兔子。澳大利亚这个号称“骑在羊背上的国家”一时间竟变成了“骑在兔脑壳上的国家”。

植被啃光了，兔子们在地下打通的“互联网”也是坑牛的工程，牧场的牛羊一个不留神就会掉进已经变得松软的土地里。“互联网”还进一步造成了水土流失。当时澳大利亚的主要产业就是畜牧业，在松软的土地上，怎么放牧？还有耕地，耕种的机械无法在松动的地面上工作，何况就算种下了东西，也会被兔子啃光。有地没法种，有牛羊没法放，他们赖以生存的产业被破坏，人的日子也过不下去了。

面对泛滥的兔子大军，澳洲人当然不会坐以待毙，他们与“萌军”的战争，一打就是一百五十年，屡战屡败，屡败屡战。

1887年，澳大利亚新南威尔士州政府发出了悬赏：如果谁能把兔子消灭，他就能得到两万五千英镑的赏金。“重赏之下，必有勇夫”，许多人慕名而来。法国著名微生物学家巴斯德也带着得力助手漂洋过海来到澳洲。他们信心满满，试图用鸡霍乱病菌这种生物试剂消灭兔子。但是他的自信很快就被兔子KO了，这种在法国屡试不爽的试剂在这里对穴兔基本没什么用，反倒是牧羊犬被毒死不少，最终巴斯德只能收拾东西走人。

生物控制似乎也给了澳洲政府一点启发，政府一拍脑门，想出了一个绝妙的主意：大量引进兔子的天敌——狐狸和狗。

狐狸出马，果然奏效，兔子貌似开始减少。人们还没高兴几天，就发现事态又不对了。狐狸在对付兔子的同时，也大量捕食澳洲本土的其他动物。关键在于，兔子跑得太快了，狡猾的狐狸竟然懒得追了，扭头一看，袋鼠和考拉在旁边慢悠悠地“吃瓜”。狐狸马上转而攻击一些小型袋鼠和考拉，因为它们跑得慢，肉还多。在这一点上，狗也很快与狐狸达成了共识。为了不使这些珍稀的物种灭绝，人们不得不掉转枪口去消灭狐狸和野狗。由此，这种以物克物的战术输给了兔子的飞毛腿。

而在这场战役中，最冤的就是袋狼。袋狼虽说有“狼”和“塔斯马尼亚虎”的威武冠名，却是老实忠厚的性格。相对于其他犬科动物，它的腿比较粗短，并不善于闪电奔袭，个子也很矮，只相当于中型狗的大小。袋狼没把兔子吃上几只，反倒经常被狗群围追堵截，一顿暴打。人们引入的狗最终演化成了大名鼎鼎的澳洲野犬，接管了袋狼的地盘。再加上农业开垦、毛皮猎杀等种种因素，几十年后，袋狼灭绝，成了这场战役中最令人惋惜的“炮灰”。

攻不行就守吧。1901年，政府花了六年的时间修建了三道贯穿西澳洲中部的兔子防护网，将兔子集中活动的区域与农业带分割开

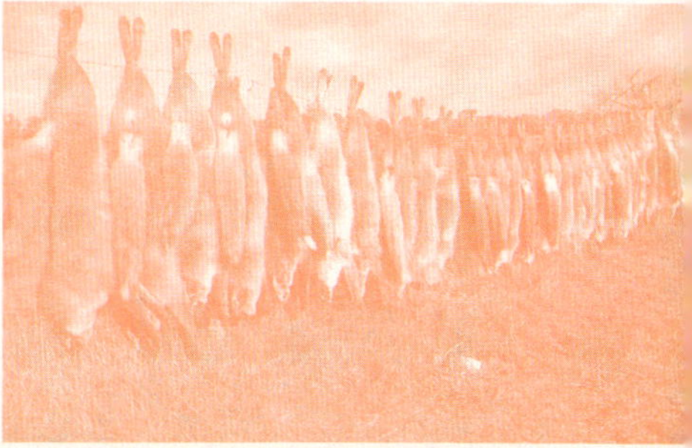

来。栅栏全长三千多公里，其中最著名的一条栅栏长一千八百多公里，至今还是世界上连续站立最长的铁丝网栅栏。政府又鼓励当地人猎兔，但收效甚微。因为那些兔子的祖宗本来就是专业的打猎用兔，跑得飞快，连狐狸都追不上，更别说普通人了。政府用六年时间修好的栅栏，兔子用三天时间挖个地洞就钻过去了。

气急败坏之下，澳洲政府的“小宇宙”终于爆发了，居然动用了二战中对付日本侵略者的轰炸机来对付兔子，只不过投下的不是炸弹，而是毒气。但是兔子们一听见飞机轰隆的声音，全部躲进洞去了，这毒气愣是没怎么毒到它们，反而是其他生物再一次遭到了严重的迫害。这还真是搬石头砸自己的脚，政府的“毒气战”被兔子的“地道战”给“秒杀”了。杀敌一千，自伤八万。

澳洲政府放弃了这种方法后，只好对民众发出通告，私自饲养兔子将会被处以罚款甚至是坐牢。管不了兔子，也只能管好子民了。

这场人兔大战还没有结束，到了上世纪五十年代，饱受兔灾折磨的澳洲政府终于迎来了曙光。生物学家们从南美洲引进了黏液瘤病毒，这种病毒依靠蚊子进行传播，与之前的鸡霍乱病菌不同的是，它只对欧洲野兔具有致命性，对人和其他动物无害。黏液瘤病毒一经引进，便很快让澳洲政府看到了效果。感染后的兔子会感到疲劳，发烧，失明。染病后，兔子基本活不过十四天，不是一病不起就是一通瞎跑让食肉动物捡了便宜。

1952年，澳洲的兔子有90%的种群被消灭。到了1990年，兔子的数量被控制在了六亿只 。这场给澳大利亚带去百年困扰的兔子灾难终于告一段落。

别走，这场百年大战还有续集。兔子的基数太大了，基因的多样性也异常丰富。有一些能对病毒免疫的强者活了下来，生下对病毒免疫的后代。慢慢地，兔群的数量又开始上来了。这还有完没完了?

到了1997年，澳大利亚又释放了一种新型病毒，又消灭了大部分的兔子，但就是灭不完，因为又有一部分兔子产生了抗体。仅仅四年的时间，这种病毒又失效了。直到今天，兔子依然是澳大利亚人的噩梦，他们也在不断地研究新的方法，试图消灭这些兔子，但是结果如何、会不会产生新的抗体就不得而知了。是不是很像一场现实版的异形电影? 不过没有人期待第三季了。

我国有些人听说了澳洲被兔爷祸害的惨状，同情的“眼泪”从嘴里流了出来。他们觉得，澳洲政府还是方法没有用对，他们如果来中国招聘一批厨师，把兔子们的基因多样性变成菜品多样性，能让他们把兔子吃到濒危。

心动不如行动，有人干脆计划移民去澳洲开兔子餐馆。但仔细想想还是算了吧，移民需要很多很多钱，老祖宗早就告诉我们了，贫贱不能移。

穴兔繁殖能力这么强，二十四只就能繁殖出一百亿只之多，那么十年前的车祸逃脱了一百多只家兔（就是穴兔），我们若尔盖为什么没有出现兔子泛滥的情况？因为这里有我们的格林呀。我们有狼群、鹰、狐狸，有克制兔子的天敌，这都是草原的天然卫士。再加上若尔盖的严苛气候，抑制了穴兔冬季里的繁殖。因此，能把澳洲搅得天翻地覆的兔爷，在战狼、雄鹰跟前也只是小角色，还没等兔子形成规模就已经被控制住了。但是我们偶尔还是能够在草场上看见这种穴兔，它们看起来麻灰麻灰的，跟本地野兔差不多，乍一看，很难分辨。

若尔盖草原上的狗，原本品种也是很单一的，基本上都是魁梧的藏狗和藏獒。随着人们出行越来越方便，被人以“放生”名义带来草原遗弃的宠物狗就有很多，什么狗不流行了丢什么。小的有京巴、泰迪、比熊犬，大的有土狗、金毛、哈士奇……它们自由恋爱，又制造了不少另类。独狗不好活，于是流浪狗们在草原上拉帮结派，变成了领地狗群。被人伤害过的狗子们大多对人心有结怨，不太友好。我在《重返狼群》第一部当中就描述过草原领地狗的厉害。它们爬车、咬轮胎、抢狼食，还不怕人，甚至把我和格林堵在獒场门口，群起而围攻。若不是藏獒群声援，我们还真别想出去。

不过这些领地狗为了活命也是不易。我在狗群中甚至看见过泰

格林年少时常常遭遇领地狗围攻

迪和斑点狗为了争抢路边饭馆里的一碗泔水打了一架，最终的结果可想而知——烫头的打不过文身的。小泰迪也只能站在道德的制高点去大声谴责斑点狗：同是天涯沦落狗，相煎何太急啊！

许多人闯的祸，狼来收拾残局。

有狼群守护着这片天边草原是我们的幸运，穴兔没有在若尔盖草原泛滥。往一个新的环境中引进一个新物种，并不是一件简单的事情，这其中要经过多方面的考量，后果可能我们无法想象。虽然我们拥有改造自然的能力，但是有时候面对改造过后带来的副作用，我们又无能为力。近几年来，“物种入侵”这个词越来越被人们所熟知，不论是曾经横行澳洲的兔子，还是现在五大湖里令美国人苦恼不已的亚洲鲤鱼，或者在中国河沟随处可见的小龙虾，都在告诉人类大自然生态平衡的脆弱性。就像最初为澳洲带去穴兔的那个农场主一样，一时的无心之举，也许就会酿成大祸。

所以我们会阻止一些游客在草原上放生宠物，因为这些宠物大多是外来物种。它们也可怜，对草原也可能造成难以预知的灾难。

故事七：保护站挂牌

建保护站的批文慢慢泛黄了，但挂牌始终遥遥无期，几乎没人再提起这件事。《重返狼群》的热度也慢慢过去，我们等了很久，电话也打了不少，到最后都不好意思再问了，毕竟两个人的脸皮都薄。

于是我们想到再把《重返狼群》完整的纪录片做起来，希望重新燃起关注度。从2019年开始，我们在之前五小时的纪录长片架构上，开始重新梳理，重新剪辑，因为到2020年就是格林的十岁生日了，我那时候天天在心里默默祈祷：“格林千万要好好的，等着我们，看着妈妈再为你努力一下。”可是我们小看了这个工程，在2020年4月——格林生日的月份，我们没能完成，感觉路还长，估

若尔盖狼生态保护监测站挂牌

计还需要大半年时间才能做完。

2020年7月初，我们终于剪辑好了片子，就剩下配乐、调色和字幕了。这时候接到国家林草局的一个电话，告诉我们说保护站要挂牌了，他们定下了原气象站和植物观测站的旧址作为站址，还配备了摩托车和不少巡护员，让我们也去参与。我和亦风听到这个消息的瞬间都愣住了，盼望了那么久，那么虔诚的等待，那么浓烈的期盼，热望在渐渐冷却的某一刻，又忽然被重新燃起。到底还是应了那句老话——尽人事听天命。后来才知道，是一位爱狼的领导看了《重返狼群》一书，过问和推动了这件事。保护站终于在2020年7月29日顺利挂牌，牌子被挂起的那一刻，我真是百感交集。终于，在格林重返狼群十周年的时候，保护站落成了。

那时候，我和亦风已经做好了《重返狼群》完整纪录片，于是正式更名为《重返狼群10周年特别纪念版》，把挂牌的事郑重地加了进去。至此，重返狼群的故事总算是画上了一个句号，当然更是迎来了一个新的开始。真是从心底万分感谢那位爱狼的领导，同时也感谢国家林草局的同志们。

十年了，这条路走得好难，但终于还是做到了。半个青春的垫底，回望草原，当年扎着小辫儿在草原上采花的小女子还若隐若现……许多人告诉我们这件事太难，还是算了吧，可是十年后你最遗憾的是没做成还是没去做?

第十四章 Chapter 14

治愈与救赎，爱狼人在行动

微漪拼尽全力想做的保护站，欧美都有宝贵的经验可以借鉴。与狼共舞，是一种治愈，也是一种救赎。

美国加利福尼亚山脚下的洛克伍德动物救助中心，是退伍老兵马特·西蒙斯和他的夫人、临床心理学家罗琳·林德纳博士联合创设的。这个救护中心救助那些与人类发生意外事件的动物，救助中心的“护狼项目”救助了很多野狼和高度混血狼，它们有些是被人豢养但最终遭到遗弃的，有被不法分子囚禁的，也有浪迹荒原的“独孤求败”。

每一个救助的故事通常都是从一支麻醉飞镖开始的，当狼被麻醉后，救助中心会将其带往一位专门的外科医生那里，从皮毛、牙齿、心率到各个器官，全部检查后，雄性会被结扎，然后它会被带往救助中心。为了安顿狼的心性，会给其安排一个狼伴侣，并有一个专门陪伴它们的人。

救助中心每周会收到一百封左右的邮件，一些专门的机构将一些退伍老兵介绍到这里，来自海、陆、空军的都有，有从阿富汗战场、叙利亚战场归来的老兵。他们见识过战火的残酷、生命的易逝。作为军人，他们被人尊重，但当重返平静的生活后，他们却丧失了归属感，没有生活的重心，目标缺失。很多老兵产生创伤性应激障碍，易导致抑郁和反社会倾向。

从某种意义上讲，狼和军人都有竞争意识。在救助中心，狼的接受让这些老兵开始渐渐找回迷失的自我，让他们需要疗愈的心得以平复。越来越多的退伍老兵来到救助中心工作，一人一狼，两种“战士”相互治愈和救赎。当老兵们重新找到工作、开始新的生活后，他们除了对马特夫妇表达诚挚的感激外，还会对他的狼恋恋不舍。

除了护狼战士，还有与狼共眠的科学家们，这里要介绍的三位行为学家、狼学家分别来自德国、匈牙利和奥地利。科学家们寻找资金，建立团队，成立项目组，聘请职业驯狼师。他们想要了解狼和狗的区别，电脑被用于检验狼的聪明程度。驯狼师们和几只欧洲的伊比利亚成年狼、几只刚出生的北美灰狼形影不离。小狼成年后，北美狼和欧洲狼之间的围栏被拆除，它们被合并在一起并且相处融洽。

最初科学家们的研究环境非常艰苦，他们居住在由旧马厩改造成的屋舍里。为了和小狼建立感情，两位驯狼师亲自从美国抱着几只小狼，先是驱车几千公里一路颠簸，然后才搭乘国际航班艰辛地回到维也纳，其后每一个日夜他们与小狼共居一室，和衣而眠。

幸运的是，后来一位贵族后裔资助了他们，罗伊斯十四世海因里希王子居住在维也纳西北的恩斯特布伦城堡，城堡周围的领地为狼提供了新的八千平方米的探索区域，四只伊比利亚成年狼和五只正在成长的来自美国和瑞士的灰狼在这里恣意奔跑。他们还有了新的测试间，可以在这里开展一系列科学计划、教育计划。后来这里成为维也纳大学狼研究中心暨奥地利狼研究中心。

科学家和志愿者们如大家长般看护着眼前这些毛孩子，九只狼九种性情，它们之间有权力和地位的竞争，也有相互协作。它们还有复杂的社会交流系统。它们爱吃水果，有个性，不讨好，懂得拒绝，敏感而谨慎。科学家和驯狼师将全部精力都投到狼身上，摄制组用一年半的时间悉心记录它们的习性和捕捉它们的身影。跟这些可爱的家伙在一起，人只想成为它们的伙伴。

九只自得其乐的狼踏着遍地落叶，不时跑来亲昵地舔一下几位“亲人”。研究中心成立后，人们随时可以来到这里近距离欣赏科学家们与狼共舞。白天，城堡周围的栈桥上站着一些金发的小孩和他们的家长，耀眼的阳光洒向池塘，池塘也泛起闪闪金光，狼在那里优哉游哉地喝着水。

与金色奥地利形成强烈反差，切尔诺贝利核电站的废址晦暗寂静，犹如一条冥府之路。三十五年前，四十三万人被迫撤离家园，这块三千平方公里的土地从此沼泽环抱，被列为禁区。如今在这个人们一提及便会灵魂为之一颤的灾难之地，新的统治者是狼。

这片除了个别科学家，几乎再无人出入的禁区，仿佛是两个世界的分割线，既仿佛是人类出现之前的蛮荒世界，又映衬出文明消逝之后的凄凉景象。人类选择逃亡，但动物却选择留下。对于潜在的危险它们一无所知，在死亡的阴影里顽强地繁衍生息。

在加拿大东部，几组科学家考察失踪多年的狼群踪迹。当发现狼踪后，科学家分成几组，有骑雪地摩托车跟踪拍摄的，有开直升机冲上天鸟瞰巡视的。当看到卢考特狼群终于沿着几十年前它们消失的线路——喀斯喀特山脉踏上归途时，科学家们泪流满面抱作一团。

我国的狼研究和狼保护，可以借鉴的国际经验其实很多。

微漪拼尽全力想做的事情，世界上很多人都在做。微漪帮助格林重返狼群的故事，会影响和引领更多的人吗？

第十五章

Chapter 15

真心应物，不生分别

微漪说：『我们能救一只狼的命，但我们能改变狼的命运吗？』从狼迷们翘首期盼的十二个周末的不眠夜，我们看到一份冉冉升起的希望。其实，『格林』的故事，才刚刚开始。

写这本书最辛苦的时候是2021年春天，一直在整理资料和敲击键盘。偶尔休息，抬眼望去，庭院里的玉兰花已含苞待放，阳光从一朵朵粉色花骨朵儿间钻下来，晒得人周身暖意。树冠下的一小块土地里又开始冒出芍药的嫩芽，我蹲下身，拿小铲子松了松土，轻叹一句："库珀，又是一年春来到啦！"

格林的脸，一次次地让我想起另外一张面孔，那是我的爱犬库珀，这一坪散发着草木芳香的泥土里，埋藏着一个关于原谅的故事——

我的爱犬是一条苏格兰牧羊犬，背上的毛是黄色的，整个前胸是白色的，四脚也是白色的，像穿着四只小白靴子。它是条温驯但有些敏感的狗狗，看家护院时相当唬人，像个小卫兵。我在库珀七天大时把它抱回家，这条小苏牧正儿八经过了两年多养尊处优的狗少爷日子。当我的儿子晧玹出生后，库珀的好运被分走了一多半。

那时我推着婴儿车，保姆牵着库珀，我们一起走在小区的林荫道上。走路还摇摇晃晃的晧玹在游乐场玩滑梯，狗狗就在旁边安静地守着。一娃一狗，平安无事，相伴成长。

一晃七年多，狗狗已经步入老年，小婴孩已然成为学龄童。

在看《重返狼群》以前，以狼为主角的片子，我们只看过《狼图腾》。但就在看过《狼图腾》的第二天，2015年正月初三上午，一个真实的动物故事在我家上演。

那天我独自出门拜访亲戚，正热情寒暄着，一通来电顿时让我僵住：库珀把孩子咬了，而且，咬的是脸。记不清后来是怎么开上车的，马路上还有很多未化的雪，我冰凉的手死死把着方向盘，内心寒冷，唇齿打战。

一路都在拿车载电话联络医院。到家时，孩子满脸卡通创可贴，墙上血痕依稀可见。我蹲下，然后陡地站起，几乎像母狼一般

厉声嘶吼，因为我不知道该埋怨谁！此时的阵阵鞭炮声听起来分外刺耳。我抱起孩子，一路加速向医院狂奔。

急诊室里，几乎站满了被动物咬伤的人，医生解释：鞭炮会让动物受到惊吓变得狂躁。

美容缝合，三针血清，一针破伤风，逐个挨过。额头、眼睑、眉梢，一共缝了十七针，晧玹一声没吭，一声没哭。

回家路上，不时回望一下孩子，满脸纱布的他把头埋得低低的，他轻声说："妈咪，不疼。"

终于到家，一秒钟都不愿松开孩子，我抱住他，紧紧贴住胸口，然后把他轻轻放到浴室台面上。我没有勇气看伤口，此时我身上的每一个毛孔都饱含着歉意。孩子这时突然开口："妈咪，对不起啊！"我错愕到几乎说不出话："为什么对不起？""就是觉得妈妈那么漂亮地出门，我打扰到妈妈了，你开车太累了！"

我再也掩不住懊悔和愧意，一把拥他入怀，任泪水淌下，觉得自己要用一生来报答宝贝这句话。

那晚入睡前，晧玹忽然在床前跪了下来，说："妈妈，你别怪家里人吧！其实，哥哥（狗狗）在那里睡觉，我不小心踩到它，然后我差点摔倒可能压到它了！""那哥哥怎么办？你还愿意再看到它吗？"对这残忍一问，孩子沉默良久，终于费力开口："妈妈，把它送走吧！"说完，孩子哭了。

那晚他不再说话，剧烈的疼痛让他难以入睡。我几乎彻夜未眠，不时摸一摸他的额头。快到黎明时，我起身下楼往车库走去。

惹事后的库珀被关在车库一天，我不知该怎么面对它。打开车库的门，这条平素温驯胆小的牧羊犬静静地看着我，眼神躲躲闪闪，尾巴夹得紧紧的，不再是平时那样欢天喜地地扑向我。我没有搭理它，先去给它换了水盆里的水，然后倒了一点狗粮。而后，我万分艰难地蹲下身，眼泪吧嗒吧嗒掉了下来，拍了一下慢慢凑近的狗狗的头，四目相对："他是弟弟呀，你是妈妈的孩子，他可是妈妈亲生的孩子啊！你怎么能咬他呢？"我用手紧紧地箍住它的尖嘴，狠狠地打了几下它的屁股。

养了十年，终是舍不得送库珀走，从此我们与它隔窗相望。几个月的精心护理，皓玹的小嫩脸光洁漂亮如初，只是额头和左上眼睑各留下一道疤。

其后很久，关于这一天，我们绝口不提。

被咬后，大约有一年时间，皓玹是非常怕狗的，哪怕是非常迷你的贵妇犬跑到他脚边，都会使他心惊，一跃跳开好远。

终归是小孩，好奇心和阳光本色让他逐渐淡忘了曾经受到的惊吓。2016年盛夏的一天，酷热难耐，他走到厨房，拽了一下我的围裙，轻声说："妈咪，你让库珀进来待会儿吧，我躲开它，车库太热了。我原谅它了！"正在择菜的我慢慢转过身，望向我

心地淳良的孩子。马上就要九岁的他，学会了人生中最重要的一课——原谅。

又过了月余，一日，当我打开户门时，他牵着库珀笑吟吟地站在门外，说："我不怕它了！"

库珀十岁以后经常生病，每一次送它进宠物医院，狗狗都顽固地蜷在车里不肯下来，它天生害怕打针，见"白大褂"就躲。有一次接它出院时，车刚一往前开，狗狗由卧着一下子摇晃着站了起来，看到真是往家的方向行驶，一层泪一下子就涌上它的眼。我从反光镜里看得清清楚楚，当时心中特别酸楚，不知有一天我们该如何面对别离。

库珀十二岁的时候，在我怀里终老。我把它的骨灰放进一个青花小罐，安葬在庭院里的玉兰树下，那是它小时候最爱趴在那儿啃骨头、舔爪子、刨土打洞的地方。

此后每年，春风又绿枝梢时，这棵二乔玉兰傲妍绽放。清明前后，花瓣在轻风中徐徐飘下，落在我的下午茶上，也落在库珀的"身上"。这一场粉色的花瓣雨，是对曾经"缘分"的遥远纪念。

三年前，我和皓玹一起看了场《一条狗的使命》，影片看到后半段，整条手帕都湿了。那条狗每活一世，孩子就看看我，轻拉一下我的手。走出影院时，晧玹问：“妈妈，你觉得库珀现在在哪里呢？”

“也许在谁家院子里晒太阳、啃骨头、叹气、咂嘴、做梦；也许，在哪一个山间林场巡山呢！”从奔逸的想象中挽起思绪，我揽过孩子，“它也许是条大狗，也许是只小狗。万物有灵，只要我们真心相待就无愧于心。还有，我们以后对流浪的小猫小狗也好些吧，不要嫌弃，都是生命！”

孩子额上的一条痕，母亲心头的一道伤，随着时光远去而浅淡。有时候还是忍不住想撩起他的额发看一下，晧玹笑笑，挡开我的手：“没事儿，胡歌脸上还有疤呢，挺酷的。”

一度，我很想复盘那一刻光景，本是兄弟的一娃一狗，孩子是怎么惹到狗狗的？狗狗又为什么要咬他？但这念头一冒出来，我就觉得这种无解的纠结已全无意义，我们和动物是平等的，生活中总有误会和意外发生，重要的是要学着原谅。

这就是我亲历的动物故事，普通人一生中总会有一些和小动物的相遇，因为有这段经历，所以我深信动物有着丰富的情感世界和内心活动。当我看微漪的书和影片，以及后来听她亲口讲述时，完全可以感同身受。格林在即将重返狼群那一刻，和微漪妈妈告别时他眼里的泪，我懂。

去年12月，从翻开《重返狼群》第一章，心上一根线就被这小狼牵着走了。今年1月，微漪发来打着“红娟样片”水印的《重返狼群10周年特别纪念版》，我只要在家就循环播放，还不时把儿子拽过来给他回看一些精彩画面。2月，开始采访微漪，我们在电话里聊个不停，聊格林，也聊各自的生活，情趣甚投合。

2021年春天，我在狼的世界里彻底沉迷，不断寻找与狼有关的纪录片和书籍。清明前后是小狼出生的时节，我心中的“小狼”从此在生活里探出了头。

每天醉心于各种新奇的狼知识中，甚至连做饭和吃饭都是糊弄的，我要恶补太多知识盲点，电脑里、电视里不断放映着他们玩耍嬉戏、围猎捕食的画面，一行行孤寂的雪地足印和一张张冷峻的面容令我着迷。总是忍不住拿起手机马上告诉微漪：“我今天又有了一个新感受。”电话那头略微静了几秒，然后，一句有点儿飘的声音传过来：“看，陷进去了吧！”

在微漪面前，总感觉有些许惭愧，因为我爱动物，但却爱得有所保留。微漪对动物、她和亦风对格林的爱是莫之与京，让人望尘莫及。

好像许久没有逛街了，跟所有的狼族传奇比起来，别的事情都提不起兴趣。在格林的故事里，我看到了成长；在狼版“甄嬛”的故事里，我看到了为母则刚；在21的故事里，我看到了完美；在卡萨诺瓦的故事里，我看到了浪子回头；在 She Wolf 的故事里，我看到了责任；在洛波的故事里，我看到了不渝之爱……狼的故事直击灵魂深处。“是时候停下，等一等灵魂了”，这句话沉淀了一切喧嚣。我们从野生动物身上，居然可以找到这么多人类已忽视却又无比怀恋的美德。

很多个黄昏和清晨，我俯首案前，爬梳着一个个动人景象，或嫣然或泫然。人与自然的冲突，像是打碎的瓷器，微漪与亦风所做的努力像是力排众议地努力修复，我愿我的文字能给他们的成就赋予金缮之美，让人们敢于正视伤痕，理解并欣赏他们守护生态的义举，唤醒人们对大自然的敬畏之心。

这个春天过得漫长而疲惫，但累得心甘情愿，因为这是我唯一能为格林做的。我没有见过格林，但在梦中无数次抚摸和拥抱过他。

尽管拥有丰富的人生阅历，但“真”和“义”是李微漪予人的最深刻印象。她热情有趣、落落大方，完全没有想象中艺术家的孤傲气场，澄澈的眼神坚定起来霸气十足，顽皮起来又古灵精怪，喜欢听她大声讲四川话，抑扬顿挫，好听又有喜感。面对美食，她绝不会像我一样浅尝辄止，嚷嚷着“减肥”，而是实实在在去享用。

因为陪格林在荒野中挨过饿，所以她比我们更知道每一口食物来之不易，干干净净吃完才是对自然最好的感恩。

那个初夏的午后，在她的庭院里，小松鼠在树上跳着，她给我讲阿尔法母狼怎样带孩子：狼群集结时，小狼依旧嘻嘻哈哈地快乐玩耍，但当成年狼瞬间排成纵列跨越山脊时，母狼一个眼神，小狼马上收敛起调皮心性，乖乖跟上。如果它们反复调皮，狼妈妈有一套独特的教育方式，威仪但不失温存。她给我讲在草原上看到的金雕、大鵟、胡兀鹫，讲金雕叫声的呆萌，讲胡兀鹫空中投石的精准，讲大鵟和亦风“打架”的乐子。对于我，这些都是新奇的。她开着爸爸的电动“泰迪拉客”，载着我在药博园里风驰电掣地兜风，刚洗过的乌黑秀发向后飘着，香波的味道随风拂过我的面颊。

从微漪的爸爸妈妈身上，我看到一种教育的正确打开方式。微漪妈妈怕狗，但她尽量尊重女儿的爱好。老人有点儿调侃地说：“中秋佳节，别人的女儿在身边，我的女儿在草原。”她一定担忧女儿的安危，但她依然愿意成全女儿的心愿。爸爸现在仍时不时要和女儿对诗，女儿写了书稿，爸爸是第一读者兼首席校对。在微漪成长的每一个阶段，这对父母都是循循善诱、因材施教。他们像一面镜子，映射出我在教育孩子方面的“粗鲁”。

在成都的最后一刻，微漪的爸爸妈妈特意来送我，爸爸驾着电动“泰迪拉客”，白发苍苍的妈妈坐在后面，妈妈手里还拿着一袋刚摘的枇杷，说是给我尝尝鲜。二位老人在我的房间坐下，一再表示：“不会耽搁你的时间吧？这次待的时间太短了！下次有空带孩子来。”我和老人含笑对望，说着道别的话，内心竟有些不舍。爸爸欲言又止，见我望向他，终于还是开了口：“我这个女儿很普通的。”我一下就笑了，忙上去握住爸爸的手，说：“我知道，普通的姑娘干了件不普通的大事。我不写颂歌，我只写真情。”和妈妈告别时，我抱了抱妈妈，她的白发滑过我的腮，我说：“她一定会幸福的，好人会有好福报。”话刚出口，妈妈和我都是笑中有泪光闪烁。

成长是值得期待的，丰富的狼知识刷新了我对狼——这个生物链上顶级掠食者的许多认知，同时也刷新了我对广大网友的认知。一向认为网上评论尖刻犀利，但在《重返狼群10周年特别纪念版》的弹幕区，我却见识到一种宽厚与温情，众口之词中，没有什么比突然迸出一句“我要带着大白兔去草原”（格林爱吃大白兔奶糖）更可爱的啦！

正是网友们热切的期待，让李微漪和亦风有动力在一个月里夜以继日，加更了两集，无数人在2021年6月19日零点守候在屏幕前，等待第十一集的播出。

扎西调侃微漪和亦风：“格林那家伙鬼精鬼精的，你们怎么老是担心他被抓呢？”重返狼群以后的第一年，格林经常跑回扎西牧场，在微漪和亦风住过的小屋前转悠几圈，每次扎西和格林一打照面儿，扎西就唤他，可惜格林不给面子，颠儿颠儿地赶紧跑远了。实诚人扎西会第一时间向微漪汇报：“我见到你们的格林了。”微漪问：“格林在干吗？”扎西答：“走路。”再问：“还干吗呢？”“跑步。”哪怕多知道格林的一点点消息，微漪都会兴奋很久。

当微漪和亦风终于看到扎西手机里两岁的格林时，微漪啜泣，亦风露出了孩子般的天真笑容。屏幕前的我们看着他们一家三口，早已泪流满面。

看他俩蹲在草原上摆弄无人机，在水源处分析着狼的行踪；看他俩倒贴钱买牧民的死牛羊和死马讨好狼群，群狼却不领情；看他俩用几个月的时间布控摄像头，录下格林四个孩子双截棍、福仔、飞毛腿、小不点的娇憨影像……屏幕上一帧帧画面闪过，弹幕上的一行行字一句比一句精彩——

“格林转过头来我对着手机屏幕亲了它一口，太想它了。”

“画面唯美，感谢你们为中国狼做的所有事。”

“没有你们，谁会知道中国的野生动物生存得这么艰难。”

“谢谢了不起的你们，格林让我深深地触动，活着是多么地幸福，请爱它们。”

“这两人其实是实干型狼专家了。”

“它们有情有义，懂得珍惜和感恩，请留个空间给它们。”

“保护若尔盖大草原，留一片净土给大自然的生灵吧。”

“希望格林一直活着，格林的后代绵延不绝。”

“为看狼专门买了优酷VIP，值。”

“多想还能有好多好多集可以看。”

相信微漪和亦风看到这一条条留言时定是无比宽慰的。

微漪和亦风用十一年的身体力行带动更多人开始改变，开始思索人与自然、与其他生灵该如何共融共生。我们大多数人是没有机会哺育和救助一只狼的，但我们可以从此改变，当我们不熟悉一种生物时，不要轻易判定它，摒弃成见，先去了解，纵使不爱之，也不必谤之。起码，应该让中国的野生动物不再怕人，不再被厄运笼罩。

重返狼群背后的一系列故事正让我们的心灵空间开始变得洁净。格林的故事和一系列狼族传奇丰富了我的内心，或许还将塑造我的生活。

《华盛顿邮报》最近评选出的人间至奢之物——

①生命的觉悟

②一颗自由、喜悦与充满爱的心

③走遍天下的气魄

④回归自然，有与大自然连接的能力

⑤安稳而平和的睡眠

⑥享受真正属于自己的空间与时间

⑦彼此深爱的灵魂伴侣

⑧任何时候都有真正懂你的人

⑨身体健康，内心富有

⑩能感染并点燃他人的希望

竟然无一与钱和任何物质有关，可见修心何其重要。

觉得用这十大“奢侈”形容微漪再合适不过，发给她，微漪说：“健康的睡眠我没有。”

“我也是，我比你还少两样：走遍天下的气魄、和大自然连接的能力。”

十六岁在草原上见到四只狼却完璧归来，其后又与那么多小动物有过无数次因缘际会，直到遇见格林。微漪和格林的相遇，是前生五百次回眸换得的今生奇缘。

深陷“格林神话”的我，总觉得一天中不写点什么就对不住格林似的。终于有一天，书写完了，我要搁笔了。真要跟格林分别了吗？

微漪说："我们能救一只狼的命，但我们能改变狼的命运吗？"从狼迷们翘首期盼的十二个周末的不眠夜，我们看到一份冉冉升起的希望。亦风说过："在我心里，其实若尔盖草原上的每一只狼，都叫'格林'。"

是啊！我们和"格林"的故事，其实才刚刚开始。

微漪与格林的告别，粉丝们与格林的告别，都是真心应物、不生分别。

美好的记录暂时告一段落，也许，我和微漪都会找回一件至奢之物——睡眠。求好眠之外，我还要用余生寻找另两件至奢之物——回归自然、走遍天下。